變態靈異學院
Novel 蝙蝠 × illust TaaRO
Vol.4 END

# CONTENTS

# 第1章 密室逃脫就靠肥貓

聽完樓厲凡述說自己是如何被拉來這處空間的情況，以及最後莫名其妙的受了傷，霈林海簡直不敢相信自己的耳朵。

「你是說，你從昨晚就受了傷？那為什麼你到現在褲子還是濕的？！你讓它一直流血流到現在嗎？怎麼不做處理！你居然——」

後面的話他沒敢說出口——你居然還沒有因為流血過多而死……

樓厲凡怒道：「我又不想死，當然馬上就做了急救處理！但就是這點最奇怪，這布條再怎麼綁也止不了血，還是該流多少就流多少……不過已經比不綁的時候好多了。可是腿部這裡明明沒什麼大血管，怎麼會這樣？我試著用治療咒術，卻發現超能力無法發揮出來；我想幫傷口做封印，結果超能力好像也被封鎖了；我又想用質性轉換變成妖力試試看，一樣也不成功……沒辦法，只好讓血這麼繼續流著。」

「雖然不知道為什麼式神的力量沒有被封，但是她們不能出去，否則我給她們的力量會被截斷，所以也沒辦法幫我偵察。天瑾和我聯繫的時候我都還沒有搞清楚這裡是什麼地方，如果連她也陷進來怎麼辦？所以我讓她離開，可她非要拋出感應線給我……」

「你知道她向你拋出感應線？」

「我不是某些連這種常識都沒有的傻瓜！」

知道他是在暗示自己的霈林海閉上了嘴。

「之後我就感覺到有很大的力量壓下來，所以馬上把感應線扔還給她，再後來沒多久我就感覺到你的視覺追蹤，知道你們也來了，便讓她們兩個透過幻水召喚術去找你……」

後面的話霈林海沒有聽見，因為前面那句就已經足夠令他崩潰的了，「你、你……你剛才說——你把感應線拋回去了？！」

樓厲凡微訝：「是啊，我怕來不及，所以拋得很匆忙……難道她沒有收到？」

「沒有！」霈林海想撞牆了，「所以我們一直是跟著她的感應線走的啊！如果那一頭不是你的話……」

樓厲凡也有點慌了，「這怎麼可能？她不是應該能感覺得到另一邊是我嗎！」

「你忘了她早就感覺不到了嗎！她對我們都已經沒有感應了！」

樓厲凡猛地按住霈林海的肩頭想站起來，但失血過多和力量封鎖又讓他眼冒金星的倒了回去。

「你們……你們他媽的到底在搞什麼！真想救我就想點有用的方法！怎麼能把自己也陷到圈套裡去！這到底是讓誰救誰啊！」

眼前的金星冒得更多了，他總有一天要把這些蠢材打得一起欣賞這種情景！

霈林海扶著他，結結巴巴的說道：「也……也不一定是圈套吧？說不定你只是把感應線扔到一個沒人的地方，他們去了找不到你肯定就會回去的……」

「我問你……」樓厲凡的聲音虛弱了很多，「你們是怎麼進來的？」

「呃……」

「被天瑾沒來得及收回的感應線拖進來的是不是？」

霈林海無言默認。

「你們跟我聯繫之前，有沒有想到一旦發生意外會怎麼樣？萬一被拖進來該怎麼處理？我這裡是什麼地方你們瞭解嗎？有沒有人知道你們在這裡？有處理不了的問題該向誰求救？你們知不知道害我進來的人是誰？他有什麼能力？他有什麼目的？萬一你們無法對付對方怎麼辦？這些問題你們想過半個沒有！我在問你話！」

說完，樓厲凡累得呼呼直喘。

不需要亮光，霈林海也知道他已經用殺人的眼神把自己砍過無數遍了。

「這個……花鬼當時沒下來……他知道我們在這裡……」只有這一點可以確定，至於其他問題嘛……霈林海不得不承認，自己真的一點都沒想到，因為他全都指望天瑾了。

「他沒下來！」樓厲凡又開始冒火，「你怎麼知道他是沒下來還是被言字契約殺了！」

「因為雲中榭沒事……」

「你敢和我狡辯！」

霈林海閉嘴。

「我讓你來簡直是個錯誤……」樓厲凡按住突突直跳的太陽穴，咬牙切齒道：「如果是天瑾就好了……」

霈林海小心翼翼的說：「對啊，可以叫天瑾……」

「叫屁啊叫！」樓厲凡再度咆哮，「你以為誰都像你這種外行人一樣看到奇怪的東西就想碰！要是她的話，即便那種可疑的召喚術就在她眼前，她都不會多看一眼的！只有你！只有你才會上當！蠢材！」

也就是說，那種召喚術是只對霈林海這種人有效的……

「……我來都來了……那你說怎麼辦……」

樓厲凡的力量被封住，御嘉和頻迦的式神能力有限，霈林海自己又是個空有一身能力的草包——現在也一起被封住了，再這麼下去，他們兩個非得一起死在這裡不可了。

「……只有一個辦法……」

霈林海彷彿在黑暗中看到了一絲曙光，「什麼辦法？」

「上次你不是以為我死了，力量就暴衝嗎？現在我裝死，你就暴衝一下看看吧。」

霈林海的臉上滑下了幾條黑線。這……這種事情是可以說做就做的嗎？他的感情又不是電燈開關。

「如果因為我沒死讓你這麼為難的話，那我現在自殺一下好了。」

樓厲凡一掌拍向自己的頭骨，御嘉和頻迦尖叫一聲，霈林海在黑暗中準確的按住了他的手臂。

「我做！我做！」成不成功就是另外一回事了。

樓厲凡的力道慢慢鬆了下來，心裡微微冷笑。居然還有這麼好騙的人！他已經失血一天一夜了，力量又被封鎖，現在哪來的力氣自殺？再說，就算能自殺他也不幹，否則只剩下屍體出去就沒意義了。

※◆◇◆◇◆◇◆※

甬道裡出現了某種奇怪的轟鳴聲，東明饕餮側耳聽了聽，道：「好像是水吶。」

東崇也仔細聽了聽，「嗯，水。」

雲中榭表示同意，「是水。」

天瑾的臉色更加難看了，「就是水。」

幾個人互相看了一眼。

「洪水啊！」

真可惜，等他們喊出來的時候已經太晚了，一股還帶著美妙浪花的紅色水流從上面猛衝下來，轉眼間就把他們捲了進去。

四個人就像坐在游泳池的溜滑梯裡一樣，刷刷刷刷的一圈一圈盤旋而下，比起他們走路的速度那是快得太多了。

相比之下，倒是那些半死不活、只能發出微弱光亮的小燈卻很堅毅，水沖下來的時候它們只是晃了晃，之後在水底繼續著它們的使命。

東明饕餮在水流剛沖下來的時候就沉到了底部，一口氣咕咕嚕嚕喝進一肚子水。東崇潛到水下，抓住他的脖子把他撈了出來，拎到水面上的時候他基本已經不會喘氣了。雲中榭和天瑾倒是泰然自若，水來了也沒慌手腳，水淹著了就隨水漂著，和現在正處於半死狀態的東明饕餮簡直是一個天上、一個地下。

「怎麼辦？」東崇一手拎著東明饕餮問道。

「不會淹死的。」雲中榭道。

「漂著下去比較快。」天瑾說。

東明饕餮：「……」繼續吐水中。

雖然他們對於被水沖下去或者走下去都沒意見，但洪水似乎不高興了，天瑾的話音才剛落，洪水的水位就開始以驚人的速度下降，很快就像它襲來之時一樣迅速且突然的消失了。已經做好一路順水沖到目的地的幾個人，雙腳又接觸到了堅實的地面，如果不是身上還濕漉漉的，臺階上也還遺留著一灘灘的水跡，他們說不定會懷疑剛才神秘出現又消失的洪水只不過是他們的幻覺。

「這是誰幹的……不知道只要攻擊就要堅持到最後嗎？」天瑾陰沉沉的說。

「我想對方不喜歡當我們的免費輸送帶。」雲中榭回應。

「真……咳咳咳……真鹹吶……」東明饕餮一邊咳水、一邊無力的抱怨。

東崇笑道：「我以為你會說是鐵鏽味。」

「這又不是血！」

「你原來知道這不是血啊？」

「……」青筋爆出。

「行了。」天瑾道，「快點起來出發，不然照我們這速度，什麼時候才能到目的地。」

東明饕餮無力的擺手，「你們先走吧，我頭暈，休息一會兒。」

東崇道：「你想一個人留在這裡？」

「怎麼啦？」

「剛才霈林海也是一個人留在那裡，然後就不見了。」

「……你這個人就不會說點別人愛聽的嗎？」

天瑾心煩意亂的說道：「愛不愛聽都無所謂，快一點，又有東西下來了。」

東明饕餮和東崇一愣，果然聽到上面又有某種奇怪的聲音傳了下來。

「咚哩匡噹！咚哩匡噹！咚哩匡噹……」

非常有節奏，像是某種四足生物正用很重的步伐堅定的向他們跑來。

「生物。」

「生物？」

「生物——」

「非生物！」

最後一句是天瑾說的，其餘三人看了她一眼，順著她驚恐的目光往上看去——一個把甬道空間占得滿滿的石砌獅子，正踏著有節律的步伐向他們衝來……

「跑啊——！」

剛才還虛弱萬分的東明饕餮率先飛奔逃走，其他人呆了一下，隨後拔腿猛逃。

四個人的奔跑速度都不慢，但獅子身形龐大，一步就能趕得上他們十步，他們連命都快拚上了，也才只和它拉開不大的距離。

天瑾跑得最慢，因為過長的裙襬阻礙了她的行動，雲中榭回頭想拉她一把，她一把將他的手打開。

「用不著！」

她拉住兩邊的裙襬，往腰部一繫，長裙變成短裙，露出了裙下兩條纖細的長腿。她邁開大步噠噠噠噠就跑到前面去了，那速度連雲中榭和東崇都望塵莫及。

「這個女人果然厲害……」東崇讚嘆。

雲中榭：「……」是奇怪才對吧……

螺旋向下的甬道逐漸變得沒有那麼彎曲了，那種微微的弧度很利於他們逃跑，不過也同樣很利於追兵。現在對他們來說，唯一的好消息是甬道漸漸變得狹窄了些，這對身後那隻龐大的石獅來說簡直是個災難。它的身體本來就幾乎塞滿了整個甬道，現在更是不斷的在四壁亂碰亂撞，身上不是這裡掉一塊就是那裡撞變形。

而那些頑強的小燈依然堅持不懈的燃燒著，就算被撞歪了脖子也堅決不滅。

跑著跑著，幾人遠遠的看見前方出現了兩個岔口，左面的甬道和這裡大小相差無幾，而右面的甬道則勉強有一人多高，寬度也僅容兩個人緊貼並行。

根本不需要互相打暗號，他們毫不猶豫就朝右邊的甬道衝去。

那頭石獅的創造者必定沒有想過這種情況，所以沒為它安裝一個有效的剎車功能。當跑在最後的雲中榭也跳進甬道後，石獅一頭撞上了甬道口，身體劈里啪啦的碎成了一塊塊。

跑在最前面的東明饕餮回頭確認石獅真的碎掉了，一邊喘息、一邊得意的拍手道：「解決了，真簡單！」

東崇捂著胃喘氣，「什麼簡單……它來的時候你不是跑得最快？」

「那是自保的本能。」東明饕餮辯解。

石獅碎裂的殘骸動了一下。

雲中榭忽然回頭，「剛才它是不是在動？」

「嗯？」

碎石朝內動了起來，看上去就像是發生了地震，但他們的腳下卻沒有感到任何震動。

「不會吧……難道還沒完……」

碎石驀地一蹦而起，像飛彈一樣向他們直撲過來。

甬道太過狹窄，所有人只有緊貼著牆壁才勉強躲過獅子頭的攻擊——不，還有一個人沒躲過，就是今天特別背的東明饕餮。

「哇啊啊啊啊啊啊——」東明饕餮在前面狂逃，那隻獅子頭就在他後面一邊張著大嘴亂咬、一邊猛追。

眾人心想：怪不得在這個路段用石獅……原來是可以拆開又組合的啊……

碎石淅瀝嘩啦向剩下的三人劈頭砸下，三人抱頭鼠竄。這條甬道讓兩人並排行走都得緊貼著，現在又要逃命還要躲避石頭雨，真是狼狽不堪。

東明饕餮可能被咬到了某處，遠遠的傳來了他淒厲的慘叫聲，在甬道裡久久迴盪。

「聽起來真疼啊。」東崇一腳踢碎一個獅爪。

「……你不管他沒問題嗎？」雲中榭和一個獅屁股、一條獅尾巴進行搏鬥。

「要先解決我自己的問題才能照顧到別人吧。」

東崇倒掛飛踢，獅肚子飛了出去，和正在攻擊天瑾的兩隻獅爪相撞，碎成粉末。

雲中榭拉住面前的獅子尾巴，用力往牆上一甩，它上面附帶的獅子屁股和半條尾巴被撞成了碎片。

現在除了去追殺東明饕餮的獅子頭之外，只剩下雲中榭手裡的半條尾巴，還有僅剩的一隻獅爪。

那隻獅爪好像突然發現三個敵人淩厲的目光都罩在了自己身上，它退了一步，發出奇異的低吼聲。三人還以為它有什麼驚天動地的必殺技會使出來，都做好了防禦的準備，卻沒想到它嗚咽了幾聲之後，竟忽然掉頭逃走。

「……這都是些什麼樣的敵人啊……」

雲中榭手裡的半條尾巴發現爪子逃走，急得在他手裡拚命扭動。雲中榭笑笑，一鬆手，尾巴一蹦一跳的追在爪子後面一起跑了。

看著那兩個逃兵淒涼的背影，東崇忍俊不禁的想奚落它們兩句，卻忽然想到下面還有一個逃兵正待救助，立刻轉頭向下趕去。雲中榭和天瑾隨後跟上。

不過東崇多慮了，等他們追上以後，發現東明饕餮根本沒被怎樣，反倒是那隻可憐的獅子頭正縮在角落裡流淚，並遭受著東明饕餮拳腳相加的殘酷施暴。

「居然敢咬我！居然敢咬我！居然敢咬我……」

三人仔細一看，他的屁股上比剛才多了兩排牙印……怪不得他這麼生氣了。

東明饕餮硬是把那獅子頭踩了個重傷身亡，回頭對那三個面壁發抖的人大叫：「不要以為我看不見你們的臉！我就是被咬到屁股了！你們笑吧！笑吧！噎死你們！」

三人還是沒有笑出聲來，但是他們的指甲卻深深的摳進了牆壁裡……看來是笑得出不了聲了。

※◆◇◆◇◆◇◆※

「咿——呀！」

「嘿——呀！」

「謔——呀！」

「……那個蠢材……在幹什麼？」樓厲凡躺在御嘉的腿上問。

頻迦伏在他的胸口，懶懶的說道：「集氣。」

「等他集出氣來我早死了。」

「又沒別的辦法……」御嘉很是不滿，「我們雖然沒被封，但是沒有實用的能力呀，現在不靠他怎麼出去？」

「對了……」樓厲凡忽然問道：「為什麼式神的力量沒有被封呢？」

御嘉和頻迦互相看了一眼，「哦，因為我們是式神？」

「真是廢話！」

只要是封鎖力量的咒術或封印，必定不是看對方「身分」啟動的，而是以對方能力的質性作為分辨。靈、魔、妖力波動不同，人與人之間也有不同，就像強奪之間只對他和霈林海兩個人起作用，而雲中榭和花鬼對此毫無反應一樣，這個封鎖他們力量的「東西」肯定也有某種「依據」，可是這個「依據」會是什麼呢……

「對了噢，厲凡～」御嘉的手指在樓厲凡的唇上畫著形狀，隨即被他拍開，「你好像忘了，雖然你外部的『氣』還是和以前沒多大差別，但你『裡面』早就不一樣了呢。」

樓厲凡猛地坐了起來。

對了！他怎麼會把這件事忘了！他的體內早已充滿魔氣，沒有半分靈氣了！霈林海當然也是如此，雖然不知道為什麼外部的波動還是和以前的一樣……算了，他現在沒時間追究這個。御嘉和頻迦是靈體，不管她們的主人是魔還是人，她們從他身上接受任何性質的力量都會自動轉化成靈氣，她們和他們的區別就在這裡！

這個空間——是封鎖魔力的！

它封鎖所有帶有魔力性質的東西，但是似乎並不限制魔力的傳遞，所以他和霈林海雖然完全不能使用自己的能力，卻能將力量交給式神使用！

這麼說來，他們在這裡所剩下的武器就不只是霈林海這個草包了。

「霈林海！你不要在那裡乾使勁了！過來！」

使勁使得精疲力盡的霈林海喜出望外的問道：「有辦法了嗎？」

「嗯，我們可以這樣……」

幾分鐘後——

「太難看了！我們才不要！」御嘉和頻迦尖叫。

「這有什麼難看的！」樓厲凡吼，「妳們想讓我流血過多死在這裡嗎！說！妳們是老老實實做還是想變鬼屍！」

「變鬼屍！」她們堅決的回道。

樓厲凡氣得發抖。

霈林海計量了半天，小心翼翼的道：「能不能通融一下？不要用魔女的詛咒了……」

樓厲凡累積的一肚子氣全發洩在他身上了：「你是豬腦嗎！我只說借用你的力量！誰說要用魔女的詛咒了！你那腦袋裡整天都在想什麼！學了這麼長時間的課程肚子裡什麼都沒裝是不是！」

他的話音剛落，霈林海的肚子就很配合的「咕嚕——」叫了一聲。

樓厲凡氣得一句話也說不出來了。

「我晚飯沒吃……」霈林海小聲解釋。

「我已經一天一夜沒吃飯沒喝水了！混蛋！」

吼聲過後，霈林海腦袋裡嗡嗡作響。

樓厲凡稍作休息，又吼：「要不是我現在這個樣子，哪用得著你們這些靠不住的！聽好！我不管你們愛不愛、想不想、喜歡不喜歡，都得給我做！否則一律殺掉！聽見了嗎！」

「可是人家不要被吹成大胖子……」御嘉和頻迦抗議。

樓厲凡沒理她們，繼續對霈林海道：「她們是靈體，所以灌輸力量的時候不需要魔女的詛咒輔助，而且你的力量與我相通，你只要接過去就可以隨意使用了。」

御嘉和頻迦的聲音變得很可憐：「厲凡……為什麼一定要人家去嘛～～霈林海自己不是也有式神……」

幾個人的眼前浮現出那幾隻只會曬太陽的肥貓，無言。

「你那幾隻玩意有用嗎……」樓厲凡懷疑的問。

霈林海汗如雨下，「這個……我不知道，要不把牠們叫出來看看？」

樓厲凡考慮一下，說道：「那你就叫一隻出來吧。」

霈林海點頭，一招手，「出來！」

一隻通體發著螢光的貓從他的肩頭跳了出來，喵嗚叫了一聲。牠和霈林海之間有一條能量繫帶，看來是和御嘉、頻迦相同級別的式神。

樓厲凡越看這玩意越覺得不可靠，但是御嘉和頻迦死不肯就範，現在也只有用這隻貓試試看了。

「霈林海，你聽著。我們現在所在的地方『似乎』是一個與外界沒有連通處的山洞，但也不排除是其他東西的可能。我們當然可以讓御嘉和頻迦使用靈力重擊炮打一個缺口出來，但是在還沒瞭解這個山洞的性質之前就發出攻擊會很危險，所以我們只能用最笨但是最有效的辦法——擠開！」

霈林海抱起那隻倒楣的貓，按照御嘉的指示將牠放在這個空間的正中央，然後和她們一起把樓厲凡移到邊緣處去。

在霈林海的力量灌輸下，那隻本來就已經肥得驚人的貓從肚子開始變得越加肥胖，像氣球一樣逐漸變得又圓又大；四隻爪子變成了四顆同樣圓滾滾的球，可能是因為不明白發生了什麼事情的緣故，四爪不斷前後擺動。而最悲慘的是，牠的腦袋卻沒有變大，尾巴也維持原狀貼在牠的屁股後面搖搖擺擺，像一條細細的豬尾……

今天他們終於親眼看到了一隻貓是如何變成豬、變成牛、變成大象、變成鯨魚的，這真是奇蹟，恐怕是其他人一輩子也難得一見的奇觀！

……當然，兩位當事人對這個並不稀罕。

肥貓幾乎占據了整個空間，樓厲凡和霈林海躲在牠左面的前後爪之間，以防牠還沒把牢獄擠垮之前就已經把他們擠死了。御嘉和頻迦則不知道去哪裡了，大概是找了個小空間躲著了吧。

這位獸製式神一點也沒發現自己擔負了多麼重要的任務，直到牠的身體塞滿了整個空間之前，它都一直搖擺著那條以比例來看非常可憐的尾巴喵嗚喵嗚叫，可是等牠的身體完全塞滿山洞之後，牠的腦袋也被碩大的身體硬擠在了牆上，再也叫不出半聲。

牠終於覺得憤怒了，在身體仍然繼續變大的同時，四隻球狀爪子開始用力亂踹。被夾在兩隻前後爪中間的兩人被蹬了個鼻青臉腫。

樓厲凡一邊抵抗，一邊怒吼道：「霈林海！你就不能讓牠不要蹬了嗎！我們不是牠的玩具老鼠！」

霈林海抱頭躲避貓爪攻擊和樓厲凡的怒吼，很悲慘的答道：「可是牠們都是被虐殺的流浪貓，我覺得可憐就收作式神，牠們一點能力都沒有，所以我說了牠們也聽不懂啊——」

樓厲凡險些氣昏過去。

「既然沒靈力就不要收啊！你養式神當寵物的嗎！」

「可是現在說什麼不都晚了……」

樓厲凡沒受傷的腿朝他一腳踹上。

貓圓滾滾的背貼上了頂部，霈林海感覺得到，灌輸魔力的時候明顯變得吃力了。是成是敗，在此一搏！

他放出更大的魔氣，強行擠進貓的體內，貓身驀地又脹大了幾圈，把他們的藏身空間擠得只剩下一丁點空隙。

「喂……不能想點辦法嗎……擠死了……」

「這怎麼想啊……」

有什麼地方「喀啦」響了一聲，一絲光線從他們的腳下透了進來。

「霈林海！再加把勁！馬上就可以出去了！」

霈林海很想使勁，但可惜的是力不從心。貓後爪和貓肚子之間有一點稍大的空隙，樓厲凡就在那裡，而霈林海卻只能待在還不如樓厲凡那個空間三分之二大的地方，只是這樣他就已經把自己擠得透不過氣來了，如果貓的身子再大一點的話……

腳底透出的光線又慢慢變得微弱，幾乎要看不見了。樓厲凡急躁起來，想也沒想就將雙手貼上了那隻氣球貓的肚子，猛力向內灌輸魔氣。他的式神霈林海可以用，霈林海的式神他當然也能用，這就是力量相通的好處之一。

他的力量沒有感到任何阻礙，一推就進，幾近消失的光線又緩緩恢復了剛才的模樣。樓厲凡心中暗暗叫好，卻沒發現可憐的霈林海已經被壓得不能呼吸，給式神的力量也接續不上了。氣球貓就像一顆真正的氣球一樣忽地瘦了一圈，樓厲凡不明所以，便將一直積蓄著的力量一口氣全部推入了貓肚子裡面。

隨著奇怪的「吱吱喀喀」一聲，光線變成了光束，然後變成了大片的光柱。他們的身後出現一個剛夠一人平躺著挪出去的裂縫，只要維持著這個樣子他們就能出去了！

樓厲凡想對霈林海說句什麼，卻發現他正在窒息和昏迷之間垂死掙扎，這才明白剛才那隻貓忽然癟下去是怎麼回事。

他想出聲叫他，但他一個人支撐這隻肥貓就已經太吃力，一大聲說話萬一漏氣的話……轉頭看看身旁那個像球一樣圓滾滾的貓爪，他立刻有了主意。

——**御嘉！頻迦！出來！**

聽到他意識的呼喚，御嘉和頻迦不知從哪裡鑽了出來。

——**把那隻爪子放到縫隙裡撐著！快點！**

御嘉和頻迦領命，一人一邊按住那隻球狀貓爪，使勁往縫隙裡塞。

貓爪比那個裂縫稍微粗了點，而且那隻貓還在很憤怒的掙扎，所以這工作不太好做，兩個女孩用盡了猛塞、力踹、牙咬、死按等諸多殘忍的方法，終於把牠的爪子塞進了縫隙。

樓厲凡指示她們用靈氣帶將貓爪與身體的接繫部分死死勒住、綁好，才將輸入力量的位置轉移到了牠的爪子上。

貓爪再次脹大，牠的身體卻在一點點縮小，現在所有的壓力都集中在牠的爪子上了，只要這隻爪子還能保持這樣就沒有問題。

霈林海終於從壓迫地獄中被解放出來，爽快的呼了一大口氣，看來剛才被擠得不輕。

「這……這怎麼了？失敗了？」

樓厲凡懶得和他解釋，只是用下巴指了那條裂縫，道：「看到那個沒有？你先出去。」

霈林海看了看那裡，驚喜的叫道：「終於開了！……咦？」他發現自己的手並沒有貼在貓肚子上，而且肥貓也在逐漸縮小中──除了爪子，「這到底是……？」

「沒時間和你解釋了！快點出去！」

「我出去的話，你……」

「我讓你滾出去！」樓厲凡暴怒，「然後接續我的力量！否則你讓我怎麼動！」

霈林海慌忙照辦。

氣球貓已經恢復了原來的大小，只剩下那隻爪子還維持著碩大的模樣。貓發現了自己畸形的模樣，大概被嚴重傷害到了自尊，聲音異常悲憤的嗷嗚嗷嗚叫了幾聲。

這個將樓厲凡他們隔斷的「石壁」似乎非常厚，霈林海爬了很久才好不容易爬到外面，樓厲凡將能量帶轉移到貓爪上，霈林海開始透過它為貓爪接續力量。

樓厲凡收回了自己的氣，稍微呼吸幾次，艱難的挪動身體躺下，御嘉和頻迦拉住他的兩條手臂，將他一路硬拖了出去。

樓厲凡一脫險，御嘉和頻迦便收回了繫在貓爪上的靈力帶，在貓爪瘸下去的一瞬間，霈林海將牠收了回來，被撐起的東西轟的一聲落回去，大地也被撞得微微一震。

剛一脫離那個地方，樓厲凡立刻感覺自己的身體輕鬆了許多，試著將氣集中在指尖，也是很輕鬆就做到了。看來他猜得沒錯，那個地方就是用來封鎖魔氣的。但這裡是魔界吧？魔界怎麼會有封鎖自己地界力量的地方？難道是監獄？

肥貓完全變回了原來的樣子，落到了霈林海的肩膀上，霈林海撓撓牠的下巴，牠舒服的眯著眼睛，漸漸消失。

一到外面，便又看到了魔界特有的那種黃綠色的天空、詭異的太陽、黑色的土地……不過這裡不像紅海海岸一樣一毛不長，他們的腳下、身後都有大片的灌木與叢林，只不過顏色同樣很詭異——都是白森森的——看著讓人很不舒服就是了。

可真正讓他們疑惑的不是那些，而是面前這個囚禁了樓厲凡將近一天一夜的「東西」。這東西很高，高得望不到頂，長度綿延了大概幾公里長，邊緣凹凸不平，表面覆蓋著一層又硬又長的棕色長毛，大概和他們的手掌長度相仿。長毛裡面還夾雜生長著一些搞不清品種的奇怪植物，某些很像蘑菇——同樣是白森森的，看著很噁心。

樓厲凡看了一眼自己的白色褲子，左腿的傷已經讓左邊褲腿整個變得血紅，不過血已經不流了，看來剛才那個空間才是讓他血流不止的元凶。他在傷口上又加了一個保護的封印，忍痛站了起來。

霈林海從來沒見過像他們面前這個龐然大物一樣奇怪的東西，便很好奇的蹲在它旁邊，一隻手在那些長毛上拉扯，想知道那到底是什麼植物。

樓厲凡沒有注意到霈林海的行為，只顧著往四處觀測，想搞清楚他們現在身處何處。在那個「龐然大物」朝太陽的方向綿延而去的地方，他發現了一個很奇怪的陰影，那陰影上面尖，下面粗圓，彎彎的，像月亮……不，應該說是像牛角……牛角？！

他皺眉。太奇怪了，怎麼會是那種形狀，那麼像以前在教科書上見過的——

霈林海忽然「哎呀」一聲，打斷了他的思路。

「怎麼了？」

霈林海走到他身邊，得意的向他展示手裡的戰利品——一根長毛。

「你看，這東西居然還有毛囊一樣的東西啊。」

樓厲凡接過那根長毛，發現它的形狀就像一根放大了無數倍的頭髮，頭部漸尖，尾部稍粗，根部套著一個藍黑色的囊，的確很像毛囊。

怎麼回事？

他看看眼前的「龐然大物」，心裡湧起一陣不安。魔界有這種奇怪的植物嗎？魔界有這種顏色、這種形狀的山嗎？魔界的山上就不長其他的植物嗎？只有這種毛？這裡的魔界獸呢？……對了！魔界獸！

想到這裡，他才驀然驚覺自己從脫困之後就一直微微心慌的原因是什麼。

聲音！除了他們發出來的、還有那些植物和風的摩擦製造的聲音之外，沒有一點聲音！在這麼茂密的叢林附近應該有很多魔界獸出沒才對，為什麼他們現在沒有見到半隻？為什麼沒有聽見半點動物該有的聲息？

——這裡……不對勁！

他迅速將那根怪異的毛髮扔到地上，嫌髒似的拍了拍手。

「這裡有問題，我們快點離開！」

他一招手，御嘉和頻迦化作兩道白影回到他手中。

霈林海架著樓厲凡迅速往「龐然大物」的相反方向離開。兩人走得匆忙，甚至沒來得及回頭看一眼，當然也沒有發現那「龐然大物」微微的動了一下。突然一陣輕風拂過，那根長毛離地而起，飄向樓厲凡……

※◆◇◆◇◆◇◆※

雖然顏色很詭異，但密林就是密林，對這兩個逃命——他們甚至不知道他們為什麼要逃命——的人來說，簡直就是一場災難。

一邊要注意別撞到樹，一邊還要小心別踏進落葉隱藏的凹坑，在這種又厚又軟的落葉林帶中一腳深一腳淺的狂奔了沒一會兒，這兩個人就不行了。而霈林海還要架著樓厲凡這個傷患，就算是超人也受不了——更何況他和超人根本搭不上邊。

「不行了……」樓厲凡一隻手臂搭在霈林海肩上，呼哧呼哧直喘氣，「我們用妖力浮翔飛過去！」

「可是課本上說妖和魔是不共戴天的仇人……」

「去他的課本！課本上還說人和魔也打過一場大仗呢！快！」

「……知道了……」

兩人周身閃過劈啪電光，質性順利轉換成為妖氣，立刻身輕如燕的飛了起來。

天空逐漸聚起了沉黑色的烏雲，陽光的亮度被遮蓋了大半，原本就很沉暗的天色變得更加陰森。

飛行的兩人聽到身後傳來彷彿擂鼓一樣的沉悶聲音，「咚咚、咚咚、咚咚、咚咚……」

霈林海想回頭去看，樓厲凡抓住他的後脖子又把他轉回來。

「我說過多少次，好奇心太強只會讓你死得更快！」

「厲凡……你好像在發抖……」

「放屁！」

儘管樓厲凡那麼大聲怒罵，但霈林海還是能感覺到他在害怕。氣息相似、能力相通，再加上距離相近，他們之間就會有微弱的情感互流，當一個人有強烈的情緒反應之時，另一個人自然也有一定的感應。

有什麼東西會讓樓厲凡害怕成這樣？是那個很像誰在緩慢擂鼓的聲音？還是身後不知名的隱隱氣息？

兩個人在密林上方飛身向前猛衝，剛開始還是霈林海架著樓厲凡，到後來根本是樓厲凡拖著霈林海在拚命滑行了。他們的速度快得讓霈林海自己都覺得不可思議，照這樣的話，基本上就和音速飛船差不多了，這還是人的速度嗎？

——對了，這是妖怪的速度……

——不過似乎還是太快了……

「厲凡啊，我們這是要去哪裡？」

「把天瑾他們找出來，我們趕快離開這個該死的魔界！」

可是——霈林海覺得，天瑾他們的靈力波動似乎在他們相反的方向……

樓厲凡的腿咚的一聲像是撞到了什麼東西，他一聲不吭就栽了下去，消失在密林中。霈林海慌張的來不及抓住他。

霈林海大驚，立刻停下滑行，四處尋找，終於發現樓厲凡掉到了密林中，並在厚厚的落葉上滾動。

如果說那裡有一座斜坡的話，他那種滾動很正常，可問題就在於那裡是一處怎麼看怎麼平緩無丘的地帶，而且密林中樹木眾多，樓厲凡在滾動的時候居然能拐著彎繞過那些障礙物，順利的一路向前方滾去。

「他是不是故意的啊……」霈林海喃喃自語。

「霈林海你這個混蛋別光看快拉住我——」

當然，那是不可能的。

霈林海飛速降落，幾個飛躍起落後停在樓厲凡的前方，正想擋住他的去路，哪知他的身體就好像被什麼東西拉著一樣，稍微繞了個彎就從霈林海的腿邊滾了過去。

「你這個蠢材——」

樓厲凡的聲音在發愣的霈林海身後傳來。

霈林海汗流浹背，轉個身，又開始狂追。

樓厲凡滾動的速度越來越快了，霈林海已把妖力浮翔的速度加到了最大，可還是追不上他，只能跟得遠遠的狂奔，能不被甩掉就已經不錯了。

就在開始感到精疲力盡的時候，霈林海忽然發現樓厲凡的速度竟慢慢的降了下來，滾到了密林內的一處開闊地帶，他緊追幾步，總算將樓厲凡拉住。

由於仍然保持著妖氣狀態，雖然滾動的速度很快，但樓厲凡並沒有陷入落葉裡去，所以沒有受什麼傷，只是裸露在衣服外的部分有一些擦傷的痕跡，這算是比較少的傷害了。

「沒事吧？」霈林海關心的問道。

「沒事……？」樓厲凡扶著他搖搖晃晃的站起來，剛才的滾動讓他覺得天地都好像顛倒了，「沒事……沒事才見鬼！不要讓我發現是誰害我這樣！否則我一定殺了他！」他怒吼。

傷是小事，但這眩暈實在很厲害，饒他受過這麼多年的訓練，現在也有點受不了了。

霈林海往這片開闊地的中央掃了一眼，戳戳樓厲凡。

「幹什麼！」餘怒未消的樓厲凡吼道。

「那裡……」

順著霈林海手指的方向，樓厲凡回頭，竟有些愣住。

這片開闊地帶並非自然生成，而是被人砍掉了這裡所有的樹木、吹走了全部的落葉，明顯是人工開採的，裸露出了下面漆黑的泥土。當然，人工開採也沒什麼稀奇的，稀奇的是，這片地面的中央有六道光柱從下而上射出，直沖天際。這些光柱圍成了一道堅實的結界，結界中坐著一個人。

那個人身穿一件隱隱反射著湛藍光芒的黑色鎧甲，身邊橫置著一把同樣反射隱隱湛藍光芒的無鞘長劍；他的頭盔呈鷹嘴狀，低低的壓下來遮住了他大部分的臉。

自從來到這個所謂的魔界之後，霈林海就沒有見過除了天瑾他們之外的人——「聽到」的不算，樓厲凡當然也一樣。這時候卻突然有人出現在他們面前，而且還是這種被關在光柱結界中的人——魔？——當然會吃驚。

「喂，你是誰？是你把我弄來的嗎？」樓厲凡問。

那個人沒有回答。

「哎，問你話呢。」

對方仍然沉默。

「看來是個聾子。」霈林海說。

樓厲凡表示同意。

「那就沒有必要浪費時間，我們快走吧。」

兩人正欲離開，光柱中的人卻突然跳起來向他們大吼：「你們兩個！站住！」

「……好像不是聾子。」

那人一反之前的沉默，大叫道：「不是說只要保持神秘感，少年英雄們就會歡天喜地的把老前輩救出去嗎？難道現在的小孩子都跟你們一樣冷漠、沒好奇心、沒同情心、不知道尊敬老年人嗎！看著老人家被關在這裡面卻沒一點惻隱之心連多問兩句的意思都沒有，你們的良心都被狗吃了嗎！啊——你們快點回來！快點來救救老人家啊——」

霈林海和樓厲凡對視一眼，又看看光柱結界中的那個人——

身材——年輕挺拔。

兩隻手——細皮嫩肉。

聲音——中氣十足。

綜合以上情況和他說的話，樓厲凡決定鄙視這個搞不清狀況的「老」傢伙。

「不好意思。」樓厲凡冷冷的說，「第一，我們不是少年『英雄』；第二，真抱歉本人沒長過良心那種東西。霈林海，走了。」

他拍霈林海一下，抬腳就準備離開。

那個年輕的「老」人又叫了起來：「呀——別走別走！我道歉！我道歉！拜託你們把我從這裡放出去！我一定會報答你們的！」

「有什麼好東西你自己留著吧，我們趕時間。」他又拍霈林海一下，「喂，走了。」

霈林海又看看那個人，不知為何覺得對方很眼熟，或許是那鷹嘴狀頭盔，或許是對方的聲音，或許是對方的某個動作，總讓他有種似曾相識的感覺。但他把記憶中的聲音都掃描了一遍之後，還是和聽到魔女爵的聲音時一樣，什麼也想不起來。

那人情急的想從光柱之間伸手拉霈林海，一個不小心，手臂碰到了光柱結界的邊壁，砰的一聲，火花四濺，他像觸電一樣迅速收回手，捂著手臂跳腳。

「啊呀呀呀！痛死我了痛死我了！……啊啊，你們別走啊！要是把我救出去，絕對對你們有好處的！別急著走呀！磨刀不誤砍柴功呀！」

樓厲凡眺望一下他們剛才逃離的地方，發現那裡自下而上的升起了一團巨大的烏雲——不，似乎不是烏雲，它的密度比烏雲更大，而且凝固不散，更像是什麼「東西」的陰影……

「有什麼好處，給你十秒快點說。」

「你們要去魔王神邸的話方向反了！」

靜默。

霈林海發現樓厲凡的額頭上暴起一根青筋。

「霈林海——」他咬牙切齒的呼喚霈林海的名字，就好像要把某人也一起放在牙齒裡咬一樣。

霈林海慌了神，急忙分辨道：「這個真的真的不能怪我！你沒給我時間……」

「不怪你怪誰！」樓厲凡暴怒的吼。

那個光柱牢籠裡的人插嘴道：「你們剛才可驚動了一位不得了的大人，所以原路肯定是回不去了；繞路的話，等你們到達目的地，你們的朋友八成已經死光了。我知道一個地方可以又快又安全的過去，你們放了我就帶你們去。」

霈林海看向樓厲凡，樓厲凡皺起了眉頭。他討厭這種亂威脅人的傢伙，而且這人知道他們是要去魔王神邸——他為什麼會知道！而且他怎麼會知道去魔王神邸的便捷入口？難道他和魔王神邸有什麼關係？

「你是什麼人？……不，你是魔吧？為什麼會被關在這裡？你怎麼知道我們的事情？對了……剛才就是你把我從天上拉下來的吧？是不是！快回答！」

一連串的問題問得那人愁苦的撇著嘴，「這……這些問題嘛……」他的聲音逐漸低了下來，「這個說來話長了，不如你們先放了我，我們邊走邊慢慢談……」

樓厲凡無所謂的哦了一聲，拉著霈林海就走，「那我們下次再來聽吧，今天先 bye 了。」

一看他們要走，那個人當下就慌了，整個人簡直要貼到結界壁上，「對不起對不起！但是我的身分有不能說的理由——不是不能和你們說！而是有人不讓我講！否則名字一出口就是我的死期！」

「我是魔！但不是壞人！知道你們的事情是因為從你們掉下來開始，我就一直在看著你們！把你們兩個從天上拉下來的也是我！拜託拜託你們救救我吧！我一定會把你們安全的送到你們朋友那裡的……這還不夠？好吧好吧，我一定會護到你們走出魔界！你們還沒有穿越魔界和人界空間的經驗吧！我送你們回到你們學校！真的！還不相信的話我們就立言字契約！相信我吧！我以身為魔戰士的名譽！用我的命發誓！我說的句句是實話啊！」

為了表示誠心，他轉手在自己的手腕上打下一個言字契印，「若違此誓，立殺之！」

樓厲凡看看那人手上的契約，又抬頭看看那個好像在變大的緻密陰影，道：「好，我相信你，不過——」他頓一下，「這種光體封鎖我只聽說過卻沒有學過，不會解，怎麼辦？」
那人大喜，「沒關係沒關係！我知道解法！林——霈林海，你過來！」
霈林海指指自己，吃驚的道：「你知道我的名字？」
「因為我剛才叫過你，蠢材！」樓厲凡推他一把，「快點，弄完我們趕快離開這裡。」
霈林海走到結界附近，有些無措的問道：「我過來了……現在怎麼辦？」
那人道：「劃破你的手心。傷口不用大，出血就行。」
霈林海的手指在另一手的掌心一劃，一道血絲滲了出來。
「現在放在光柱上。」
霈林海看看那六道光柱，「哪一道？」
「隨便。」
霈林海選擇一道離自己最近的光柱，將手放了上去。並沒有像剛才那人觸到光柱一樣的痛苦，反倒是光柱似乎受不了他血液的溫度，劈劈啪啪閃爍了幾下，從霈林海手掌接觸到的部分開始閃爍出柔和的光芒。
「將你的力量從血液中放出。」
霈林海緩緩從手心的傷口處推出了體內的氣，光柱奇異的彎了一下。
「然後和我一起唸……」
那人唸出了一串奇怪的語言，那種捲舌音有點像俄語，但比俄語更難模仿，霈林海憋得滿臉通紅也沒憋出半條完整的句子。

「啊啊……」那個人放棄了，「畢竟你沒有學過，還是用中文吧。」

「不好意思……」霈林海用空著的手撓頭致歉。

「還有完沒完！再囉嗦我就先走了！」早已不耐煩的樓厲凡怒吼。

霈林海嚇得一縮脖子，那個人的語速立刻快了兩倍，「非常抱歉我們馬上就好！你跟我唸──以血淨血，血親之血融血，浴血之印……」

霈林海跟著他唸完，忽然覺得掌心一熱，一股力量從掌心的傷口衝了出來。那並不是他自己的意志所控制的力量釋放，而是傷痕處血液所吸出的力量！霈林海根本毫無準備，強烈的後座力把他狠狠的向後彈飛了出去，湛藍的光氣霎時籠罩了光柱結界的周圍，連那個穿鎧甲的人也被籠罩其中。

光氣向前猛衝了幾百公尺，在此範圍內，原本森然聳立的大樹和灌木等等幾乎不見蹤影，只留下一條彷彿被怪物尾巴拖過的長長土坑。

樓厲凡直覺的認為那個傢伙完了，霈林海的力量他知道──因為現在的他體內就有霈林海的力量，剛才霈林海力量翻湧的時候連他的血也有點沸騰──僅僅是發散性的暴衝就已是無人能擋，更何況這次是集中在一點發射，再加上那傢伙離得那麼近……

不過這一回樓厲凡的猜測並不正確。

當光氣和被光氣打得滿天飛的煙塵落葉一點點散盡之後，那個鎧甲戰士依然站在原地，劍也還在他腳邊。當然，在那麼強勁的力量攻擊下，再強的人也不可能一點事也沒有，那個人也一樣。

「幹得……不錯……噗！」他嘴裡噴出一口黑煙，全身上下沒一處不黑，剛才籠罩他全身上下的湛藍光芒已經完全看不見了。

怪不得使用魔化技術後能力會增加……樓厲凡想，魔氣果然是最強的能力，真可惜他不能像魔女一樣使用完美的魔化技術。

——對了！

樓厲凡舉起自己的手看了一眼。他現在根本不需要魔化了，因為他身體裡充斥著的就是魔氣——在極其意外的情況下從霈林海身上得來的。

這就奇怪了，他的魔氣來自霈林海，那麼霈林海身上的魔氣是從什麼地方來的呢？而且即使內部是完全的魔氣，為何從他們的外表上所感受到的依然是靈氣？外在和內在的力量質性不同，這讓樓厲凡的感官有些混淆，不知道對霈林海而言，是不是也是如此？或許這也就是他擁有如此強大的超能力卻完全無法使用的原因……

被自己的魔氣震了個半死的霈林海好不容易從落葉堆中爬出來，灰頭土臉的走到樓厲凡身邊。

「真奇怪吶，我怎麼會被自己的力量震出去？」他疑惑的問。

樓厲凡冷冷瞪他一眼，「不明白是嗎？」

「呃……」看樓厲凡的表情，霈林海就知道自己絕對又有什麼地方錯了。

「那是因為你忘了把質性轉換換過來！蠢材！」

這裡是魔界，而他卻在處於妖力狀態的情況下，以靈力的方式使用妖力，所以當他把妖力按照原來使用靈力的方法釋放出去的時候，就出現了反衝——這是自爆現象的一種，也是當時遭海深藍痛罵又難以改正的毛病之一。

「……原來如此。」霈林海身體抖了抖，全身電光閃過，又恢復了原本的靈力狀態。

但是當樓厲凡想到那些問題的時候，另外一個問題又在他心中冒了出來。霈林海沒有改變質性轉換的狀態，所以他那時應該還是妖氣性質的能力，可為什麼他在釋放力量的那一瞬間，光氣的顏色是湛藍的？霈林海在妖氣狀態時，光氣顏色應該是帶有黑色雜質的藍才對，為什麼還是質性轉換之前那純淨的靈力光氣顏色？難道說，是他身體裡的魔力造成的影響？

還有一個更奇怪的問題——自從來到這裡以後，他自己的靈感力就消失了。

這一點他並沒有告訴霈林海。

他不太常用靈力代替靈感力，導致他在這方面有較嚴重的缺陷，所以如果不是鎧甲戰士說天瑾他們並不在他所要前往的方向，他絕對會毫不猶豫的繼續向前、向前、向前……直到發現不對為止。而與此相反，霈林海並沒有發現到自己一直缺失的唯一超能力——靈感力現在已經出現了，否則他根本不可能發現到身處不知多深的地層之下的天瑾他們的位置。

樓厲凡不認為這是自己以前幫霈林海特訓所發揮出來的效果，他覺得一定是有什麼因素誘發了他們現在這種顛倒的現象，但究竟是什麼因素，他對這一點仍然毫無頭緒。

那個鎧甲戰士一邊噴著黑煙、一邊向他們走來，那模樣活像一輛古老的蒸汽機車。與此同時，那個巨大的陰影也在慢慢向他們逼近，陰雲壓得越來越低、越來越厚了。

「記著你自己打的言字契約。」樓厲凡道。

「那當然……」鎧甲戰士又噴出一股黑煙。

當他晃晃悠悠的走過來站在霈林海和樓厲凡面前的時候，樓厲凡本能的退了一步。

這個人的確是純正的魔，剛才在光柱結界裡的時候並不明顯，現在他的氣息在沒有任何阻隔的情況下直撲過來，腦海中所有靈能師從小就被灌輸的知識一股腦的全湧了上來。

殺戮、血海、狠毒、凶殘、暴戾、人魔之戰、人間地獄……

每個靈能師都曾有被幼稚園阿姨們一邊用模擬機模擬魔氣，一邊為他們講述魔王吃小孩故事的經歷，這已經使他們形成了完美的條件反射。對他們來說，魔氣本身有沒有問題他們無所謂，他們知道的是只要接觸到魔氣就會異樣恐怖，就好像已經面對了死神。

這種反射是很可笑，可就是這個可笑的教育讓樓厲凡現在仍受這種已經深深扎根的反射之苦。所以他雖然體內擁有不知深淺的魔氣，他還是會心煩意亂，忍不住要拿霈林海出口氣才舒服。所幸霈林海和他的外在能力還是靈氣，否則現在他已經殺了霈林海不止一百次。

「不用害怕。」那鎧甲戰士噴著黑煙笑道，「言字契約的能力即使是魔王陛下也不能違抗，更何況我一個小小的魔戰士。過來，我帶你們去你們朋友那裡。」

樓厲凡渾身不舒服，不過霈林海不同。他從一開始就只是被當作普通的孩子，所以對魔氣沒什麼特別的感覺，也沒什麼不良反應。他上前半步，讓那個人抓住了自己一隻手臂。

樓厲凡磨蹭了半天，方才勉強向前小半步，不過當那個人抓住他肩骨的時候，他還是反射性的掙扎了一下，才僵硬的默認了。

「你打算怎麼走？飛嗎？」

天上烏雲密布，要是想穿過雲層往原路回去的話，八成會被雷電打成灰——即使有魔力，他也不覺得他們能和老天爺對抗。可是若不穿過雲層，那個巨大的陰影已經過來了……他難道想和那傢伙打嗎？到時候可不好辦，萬一波及範圍太大，連逃都沒地方逃。

「哈哈哈……」那個人很高興的大笑幾聲，隨即變得凝重，「我不會飛。」

「……」多稀罕啊……連魔女都會的基本技能，這位純種魔先生居然不會？

「有什麼奇怪的？世界上有生下來就缺一條腿的人，怎麼就不能有不會飛的魔？……算了，不跟你們解釋這個。」

他們也根本不想聽他解釋這個！

「那你怎麼帶我們離開？」霈林海絕望的喊。

「你的朋友又不在天上。」那個人理所當然的說。

樓厲凡和霈林海無語。話是沒錯，但是……

那個人也不理會他們的反應，只是用力按了一下他們的肩膀，「總之那個你們就不要管啦，我們走吧。現在深呼吸……憋住，先不要呼出來。」

樓、霈二人不明所以，卻仍是依言而行。

「很好！要憋住啊。」

他身體忽地一沉，猛力向下一扯，兩人只覺得腳下一空，整個天空頓時遭到了泥土的掩埋——他們的身體無聲無息的沉入了土地之中。

——是土遁！

地底下沒有光也沒有風，只有濕潤的土層與身體融合交錯的微微聲響，以及大地之上什麼東西徘徊獨行的隆隆之音。如果是這樣也罷了，問題是土層中混雜著很多奇怪的東西，身體稍微一動，就會有種身體被什麼物體穿過的怪異感受，很是噁心……

那個人帶著他們在土地下飛奔，就好像根本不需要光的指引，只憑他的感覺即可到達他們想要去的地方。

樓厲凡心中再次浮現了新的疑惑。魔王神邸——那是什麼人都可以進去的嗎？這個人明明只是個魔戰士而已，為何會毫不猶豫的帶他們去那裡？究竟是他根本就不懼怕魔王的神威？還是他早已在魔王神邸來去自如？不管是其中的哪個答案，都和他的身分毫不匹配。

退一萬步說，這個人也許是有什麼身分的，但既然這樣，那他為什麼會被關在那種簡陋的光柱結界中？那種結界對非人類而言就如同靈感力的使用，簡單得不能再簡單，可是他卻被關在那種地方，簡直就像是——被隨意丟棄了一樣。

不知過了多久，樓厲凡的靈力捕捉到了一絲熟悉的波動，那是天瑾。他知道快到了。

# 第2章

# 不受控的樓厲凡好恐怖

果然，沒過兩分鐘，他們的身體就開始穿行一道堅實厚硬的屏障；又過了一會兒，他們忽地眼前一亮，三個人身體驟然一空，撲通撲通幾聲，三個人面朝下跌落在地上——不，只有那個鎧甲戰士是緩慢「落下」的，沒有距離與方向感的霈林海和樓厲凡則是狠狠的摔在硬邦邦的石板地上，兩人的腰險些沒摔折。

樓厲凡捂著差點摔斷的腰痛苦萬分，而霈林海除了腰之外，更痛苦的還有肺，他基本上是張著嘴拚命呼吸才能保證把剛才差點憋炸自己的二氧化碳吐乾淨。

兩人在短暫的時間內覺得有些頭暈，所以一時間並沒有注意到周圍的情況，等休息了好一會兒才逐漸感應到周圍的情況。

——有人！

樓厲凡的靈力和霈林海的靈感力同時發出警示，他們突地跳起，謹慎的查看周圍。不過，在他們的腦子還沒有接收到視覺傳遞給他們的信號之前，他們就先聽到了一道可怕的聲音……

「啊——！」

一聲驚天的震吼穿破他們的耳膜，刺入了腦袋裡。

兩人被那聲音吼了個趔趄，定睛一看，驚喜萬分。

「天瑾！東崇！東明饕餮！雲中榭——」

正是他們四人。他們現在所在的地方就像一座很大的競技場，圓形的天頂以六根巨柱支撐，中間有座圓形高臺，大概直徑有一百公尺左右，高度達二、三十公尺，高臺周邊呈放射狀散放著石砌座位，四周分布著十二個對稱的出入口，其中有兩個相對的門相當巨大，幾乎與天頂同高。

這裡頭容納一、兩萬人應該不是問題吧……霈林海和樓厲凡心想。

而他們這三個不速之客正落在圓形高臺的正中間，天瑾他們四人已被十二個穿著閃爍青藍光芒的鎧甲戰士分散的逼到了高臺的四個邊緣，眼看就要掉下去了。

「你們是從哪裡冒出來的——！」

東崇一刀砍向面前的鎧甲戰士，戰士手中的長劍一擋，身體紋絲不動，反倒是東崇手中的刀好像老化了一樣，在喀啦喀啦的聲音中終於斷成了兩截。

那名戰士隨即反手橫砍，東崇棄刀躍起，另外兩個赤手空拳的戰士早已出現在他背後，雙劍向他的背部猛砍下去。

東崇帶著呼嘯的聲音被打到了樓厲凡腳下，趴在那裡吐了好一會兒的血。

樓厲凡蹲下，詢問道：「沒事吧？」

「如何能沒事……」

還能說話，那暫時應該沒有問題。

雖然東崇當初為救東明饕餮而失去了相當一部分力量，但他的力量起點原本就高，以能力而言，他在這群人中至少也是數一數二；況且他年紀夠大，比雲中榭有更多的戰鬥技巧與經驗，所以就實戰而言，他是最好的。連他都被打成這樣，其他人就更不要說了。

除了雲中榭靠著與花鬼融合的力量還能勉力支撐外，東明饕餮和天瑾更是不容樂觀。

從剛才就被打到高臺邊緣的東明饕餮現在已掉了下去——很幸運，在這麼高的地方掉下去他也沒死，現在他正拚命的在座位之間飛竄逃命，三名戰士在他身後緊追不捨。

天瑾的能力原本就弱，她所擁有的超能力在面對如此強悍的敵人時又沒有太大的作用，只能靠著身姿的靈活在三把長劍中間騰挪，身上、臉上到處都是劃傷。

樓厲凡只考慮了一秒鐘就選擇先去幫助天瑾，他連看都沒多看好像快不行的東崇一眼，腳下輕點，整個人便以妖力浮翔飄飛至天瑾身邊，在落下時解除質性轉換，手上聚起魔力，大喝一聲，以「靈刃」格擋住一把當頭砍下的長劍，另外兩把自然以橫向衝他腰際砍來。

「妳走開！」樓厲凡大喝一聲，推劍彈跳，整個人躍起滾翻，在躲過那兩把長劍攻勢的同時，順勢將天瑾踢出戰局之外。

天瑾好像現在才發現到他的存在，有些吃驚的叫道：「樓——厲凡？」

「這還用問！」

樓厲凡藉勢前翻，想以空中翻滾之機踢向中間戰士的頭部，可剛才落空的那兩把劍忽而又以鬼魅之姿出現在他的必經之處，意欲將他劈成兩半。

樓厲凡硬生生的收住勢子，提氣回滾，方才解了此危。

他剛剛落地，三把劍又以讓他毫無喘息機會的速度與角度刷刷刷接連攻來，樓厲凡連站穩都來不及，只能一邊滾動、一邊努力躲閃，稍一不小心便可能成為劍下亡魂。

而此時的其他人也無法去救他，原本就被糾纏著的幾個人自不必說，而唯一有可能有空的霈林海現在也不能脫身。

在樓厲凡剛剛與攻擊天瑾的戰士交上手的同時，攻擊東崇的那三個戰士就舉劍向仍然動彈不得的東崇砍去。霈林海手中沒有武器，他也沒有自信能同時接下三把劍的攻擊，正在急得團團轉的時候，那個焦黑的鎧甲戰士忽然把自己手中的長劍扔了過來。

「接住！」

霈林海飛撲上前，接住劍的同時盤旋擊出，那三名戰士自然回劍格擋，四把劍纏繞在一處，發出一陣叮叮噹噹的脆響，霈林海的劍毫髮無傷，然而那三名戰士的劍卻脆得像豆腐渣一樣，劈劈啪啪一直斷到劍柄的接壤處。

「好劍！真是好劍！」霈林海和東崇異口同聲的讚嘆。

這把劍看起來沒有什麼特殊的地方，而且似乎和那些戰士用的是差不多的東西，為什麼品質會差這麼多？

三名戰士扔掉手中殘劍，反手從腰間一抽，竟憑空抽出了三把和之前一模一樣的劍。

霈林海心中暗暗叫苦，他的劍術是接觸靈能課業之後才開始學習的，耍耍花槍像剛才那樣的突擊可以，但要想持久戰的話……

戰士們當然不會等他想完，三團冷冷的劍光已無情的向他撲來。這次的速度和力度比剛才更強，霈林海不得不從東崇身邊彈身後退，想找個更開闊的地方再想辦法，可誰知他一動身，戰士們的劍又同時向東崇砍了下去。

原來他們是有固定目標的！

霈林海已無法在瞬間回救，心念電轉之間，全身的魔氣衝入劍身之中，猛力舉手一揮，一股強大的勁風掃出，戰士們收劍回擋。只聽得啪啪啪數聲裂響，戰士們的鎧甲及手中的長劍就像被什麼巨大的東西碾過一樣，出現了無數大大小小的裂縫。

如果對方是普通人的話，霈林海這一擊就算不能把他們打個骨折也能把他們彈開，但那三個戰士就好像沒有感覺似的，僅僅被他稍稍一阻，劍光隨即就又落在了東崇背部不到半寸之處。

如果自己有好好學魔氣的使用方法就好了！霈林海絕望的想著。用靈力的方法使用魔氣果然不行！

就在此時，一道黑影破空而來，擦過霈林海結結實實的砸中了那三個戰士，那三個戰士被撞得倒飛出去，金屬的鎧甲和地面擦出了紅色的火光。

霈林海轉頭搜尋剛剛幫助了他的人。黑忽忽的戰士站在原地沒動，身上也沒少什麼；樓厲凡和天瑾齊心對付他們面前的三個戰士；雲中榭和他的敵人激戰正酣，看來沒空出手去救別人。

那麼只剩下……

東明饕餮還在一邊逃命、一邊慘叫，身後兩名戰士的劍也還在他脖子附近砍來砍去，似乎下一刻就會真的砍到他的脖子上……

等一下，兩個？

霈林海回頭，發現被砸倒的三位戰士正氣憤的把一名壓在他們身上的戰士推開……

霈林海不禁有些同情那個傢伙。其實被砸倒的那三個戰士不算什麼，只有那個被充當了武器的戰士，三把劍同時刺穿了他的上中下三路，當三把劍從他身上抽出來的同時，他整個人——或者說整副鎧甲——散落成了一塊塊，一直被遮擋在鎧甲內部的東西逐漸化作黑色的蒸汽，消失在空氣裡。

趁那邊正在糾纏於戰友和武器之間，霈林海迅速扶起還趴在那裡無法動彈的東崇，發現他的臉有些發青，牙關咬得很緊。當霈林海為扶起他而把手放在他腰上的時候，他全身都劇烈的顫動起來。

霈林海覺得不對勁，將手掌稍微移開一點，發現掌心竟全都是暗紅色的血！原來他剛才就已經受了重傷！那兩個戰士當時就砍到了他的腰！只不過因為衣服的顏色偏暗，所以霈林海他們一直沒有看出來。

「你怎麼樣？有沒有被砍斷腰椎？內臟受傷了沒有？我的治療能力不行，不過可以暫時用一用……」

東崇向霈林海微一擺手，「沒關係……我畢竟是旱魃，就算下半身沒了我也不會死——小心！」

三名戰士從天而降，長劍從三個方向朝他們迎頭痛擊，霈林海大驚失色，拖著東崇驟然向後飛退。滾滾劍光在他身前緊追不捨，石屑四處飛散，劍光飛馳而過，在石板地上刻下了無數縱橫交錯的深刻印痕。

霈林海轉眼間就被逼退至平臺邊緣，再退就要掉下去了。他一個人沒關係，但東崇身負重傷，雖然他說半身斷掉並不會死，但也不能隨便就讓他斷啊……

在猶豫的同時，三把劍又同時從三個方向朝他們砍來，他本能的鬆開扶住東崇的左手，以雙手一同執劍，拚力抵擋這一擊。四劍相撞，霈林海雙手劇震，虎口一陣烈痛，連雙臂也被震得有些隱隱作痛。

東崇腰椎斷裂，無法用雙腿支撐自己，一失去霈林海的扶持，他便搖搖晃晃的向高臺下摔了下去。

皮外傷只是小事，最大的問題在於他的腰骨其實也被砍斷，這麼摔下去的話，他整個人真的會斷掉，到時候要修復就不太容易了，這回不知又得浪費多少年修為來修復身體，他該認真考慮一下，是不是要把分給饕餮的那部分生命收回來了……

就在東崇已經做好腰部斷掉以及之後大出血的處理準備時，有什麼東西忽然從側面狠狠撞來，在即將把他整個人撞散的前一刻忽地一個旋轉，將他托住，開始繞著高臺飛奔。

「饕餮……？」

「是我！很驚訝嗎！」東明饕餮嚴肅的……繼續四處逃竄，所不同的是，他現在手裡多了一個人，他身後的兩個戰士依然堅持不懈的在他身後揮劍。

「是啊，你居然還有空救我……」以往都是這倒楣的小子見到殭屍就昏倒，然後自己揹著他衝出重圍。現在角色一對換，他卻有點不習慣了。

「因為沒有殭屍啊！」只要沒有殭屍，他才不怕！

「哈哈哈……」說得倒是沒錯……不過現在不是說這個的時候。東崇覺得自己怕是真的撐不住了，剛才他一直努力用部分能力壓制住傷處的出血，不巧被東明饕餮來這麼一下，他的氣當下就亂了，鮮血正汩汩的往外湧。

東明饕餮感到有某種溫熱的液體沾濕了自己下半身的衣褲，臉色登時白了。

「東……東崇……你沒事吧？」他的聲音顫抖得厲害。

「你放心。」東崇盡量用平靜的聲音說道：「就算要死，我也會先切斷我們之間的聯繫再死，不會對你有什麼影響的。」

東明饕餮大怒，「誰跟你說這個！白痴！」

東崇氣得說不出話來。

——我可算是你的養父啊！居然用這種口氣跟我說話！等我好了……等我好了……

如果能好的話！

他畢竟還有一部分是吸血鬼，血被放光的話肯定也活不了——誰見過沒血還能活的吸血鬼？要活命的話，至少得保住身體裡百分之一的血量吧。

這些都不算什麼，最麻煩的是那些劍刃上一定塗了什麼東西，一直把他的靈力阻擋在傷口之外，無法自動修復。他剛才趴在那裡半天沒法動彈就是在強迫靈力衝破封鎖，可是直到現在也沒什麼成果，加上氣息也被撞亂，想再聚起衝破就困難了。

「我問你……」東明饕餮咬牙問：「你現在沒辦法用靈力止血是不是？」

「是啊，怎麼了？」

「你還問怎麼了！」東明饕餮吼，「你以為光你痛嗎！你痛我也痛啊！你失血失得頭都暈了對不對？！我和你一樣暈啊！」

東崇想起來了，東明饕餮的一半身體是自己製造出來的，既然力量相通，那麼感應自然也會相通，只不過這幾十年他們都沒受過什麼重傷，所以一時沒想起來而已。

「哦……真抱歉啊。」血好像流得更多了……沒人幫忙的話，他堂堂旱魃也得這麼流血流死不可……

東明饕餮大叫：「我不要你抱歉！你快點止血！我都快看不清路了──啊呀！」

他腳下被什麼東西絆了一下，「磅噹」跌倒在一排座椅中間，東崇被他壓在下面，鮮血迅速濡濕了他們身下的大片地面。

與此同時，兩名戰士趁機舉劍向下猛刺。他們現在左右空間都異常狹窄，要滾動躲避是不可能了，東明饕餮只用了一秒鐘思考，立刻做出了決定──用力撐起身體，用自己的背當作盾牌擋住劍尖！要殺就殺他吧！他會在劍插入身體的同時以肌肉將劍牽制住，絕不能再傷害到東崇。反正痛只是一時的，只要能保住東崇的命，那以後一切都好說。

不過他並沒有感覺到長劍插入身體的疼痛，在呼喝聲和劍尖一同向他的脊背壓下去的時候，他只感到身後颳過一陣冷風，有利器在背部一擦而過，側方便傳來一片金屬與石砌座椅之間發出的雜亂撞擊聲。

他回頭一看，原來是天瑾手握著一把與那些戰士如出一轍的劍，站在他身後同時抵住了兩把長劍。在她強硬的推擊下，兩名戰士不斷向側方後退，原本牢牢固定的座椅被翻倒了一大片，兩名戰士後退時，他們腳下的地板也被劃出了深深的痕跡。

「好厲害！」東明饕餮由衷讚嘆。

這些戰士的能力實在太強了，就連東崇和雲中榭也陷入了苦戰，她卻能毫不在意的將他們猛推出去那麼遠，而且還是個女人，這能力實在太不尋常。

「少廢話。」雖然背對著他們，但她陰冷的表情仍是和陰風一起在東明饕餮眼前飄過。天瑾將兩名戰士推離對東明饕餮和東崇的攻擊範圍，轉手便挽出一朵絢麗的劍花，排山倒海的劍勢劈頭蓋臉的向那兩名戰士兜頭壓下。剛才還勇猛異常的戰士們忽然變得只有招架之功沒有還手之力，在她的攻勢之下節節敗退。

可是真奇怪……她剛才不是還被那三個人打得很狼狽嗎？

東明饕餮看向正代替她與三個敵人對戰的樓厲凡，果然也已扭轉了頹勢，劍光舞得上下翻飛，三名戰士可能連十分鐘都撐不過去。

雲中榭那邊同樣輕鬆了許多，三名戰士已去其二，剩下的那一個也只是時間問題。

不過霈林海還是老樣子，三名戰士把他打得手忙腳亂，和天瑾、樓厲凡簡直不能比。

「那個霈林海怎麼這麼沒用？新生入學的時候不是說他的能力高得連測定儀都壞了嗎？」他雙手按在東崇腰上，一邊替他止血、一邊問。

東崇的傷口仍然拒絕修復，不過在兩人的內外交擊下，終於一點一點的突破封鎖。東崇身下像小溪一樣的血流逐漸變得涓細，又逐漸不再流淌。看來沒什麼大問題了，東明饕餮呼了一口氣。

旱魃和吸血鬼的混血果然生命力很強，血剛止住，東崇的臉色就好看多了，東明饕餮不再頭暈，腰部的疼痛也隨之減輕。

東崇慢慢從地上爬了起來。

「啊，東崇？你可以動了嗎？」

「嗯……」

「原來神經沒有斷啊，那真是太好了！」

東崇含混的嗯了一聲，他的腿姿勢有點怪，東明饕餮覺得他好像有哪裡不協調，但卻說不上來到底是哪裡不協調。

東崇有些僵硬的單膝跪在地上，看了其他各自對戰的人一眼，說道：「饕餮，你看看他們，覺不覺得他們現在的打法有什麼問題？」

「問題？」東明饕餮茫然。在他看來，他們的打法和剛才沒有不同，只是雲中榭的劍法更有技巧一些……技巧？對了！

「只有霈林海還在用靈能和他們硬拚！他們幾個都沒用靈能，純粹在用劍技攻擊！」

有靈力的人在使用任何武器，甚至包括近身肉搏的時候，都會不由自主的使用靈能輔助，這樣可以讓原本的純肉體攻擊力成倍上升。

可是，有時候這種「不由自主」也會導致相反的結果，比如現在。

「沒錯。」東崇說，「我也是一直都沒看出來……其實這些戰士是『鏡』，你用多少能力去攻擊他們，他們就會用多少能力向你反彈。」

樓厲凡、天瑾和雲中榭，他們三人都是從小受到基礎靈能師專業訓練的人，劍術自然相當高超，收起靈能後，光是劍術本身的技巧就夠用了。而霈林海那種花架子，就算和業餘舞劍的比起來都慘了點，如果沒有靈力的保護，他現在早就變成肉泥，而不是還在那裡滿高臺飛逃了。

「不過這一個世紀以來應該沒有人瞭解『鏡』的能力，他們是怎麼發現的……？」

東明饕餮沒聽清楚，「啊？你剛才說什麼？」

「沒什麼。」東崇收回目光，看看身邊的這位「養子」，問道：「剛才有人把追你的三個人之一扔到我那裡救了我，是你嗎？」

東明饕餮撓頭，「好像吧。」

「什麼叫好像？！」

問起這個，東明饕餮更是一臉困惑，「我記得是我啊！不過那時候我也不太清楚，反正就是耳鳴得要死，你拚命在我腦袋裡叫『扔出去扔出去扔出去！』，等我發現的時候，那個傢伙已經被我扔出去了……嘿嘿，扔得還挺準吧？」

說到最後一句的時候，東明饕餮的聲音裡還帶了點沾沾自喜。

「我的聲音？」東崇有些疑惑了。

他和東明饕餮之間的確有感應，其中一個有危險，另一個就會有感知。但那只是直覺上的，他們根本沒有實質上的心電感應，更何況他剛才感覺到劍風壓下來的時候，心裡只是在想「完蛋了」，扔出去什麼的根本沒在他腦袋裡出現過！就算他們之間有心電感應，那也不該差這麼多吧？

陷入思考的東崇和東明饕餮沒有發現剛才漸遠的打鬥聲又漸漸折了回來，當東明饕餮突然發現眼前有白裙一角閃過的時候，天瑾就已經從他頭頂一躍而過，途中順便把他的腦袋當作了踏腳的石頭。

那兩個戰士的目標不是她，自然不會對她緊追不捨，回頭就一劍向東明饕餮砍了下去。

東明饕餮慘叫：「女人妳救人救到底呀——」

只聽噹噹兩聲，兩把劍砍在了一柄長刀的刀身上，冒出點點火星。

那把長刀在東崇的手上，他雙膝跪地，一手執刀柄，一手推刀身，將奪命的劍阻擋在東明饕餮天靈蓋上不到五公分處。

「快閃開！」他咬牙道。

發現是他，東明饕餮大驚，「你的腰好了？」剛才應該只有簡單縫合，還沒治療吧？

「我沒事！快閃開！」東崇幾乎已經有些憤怒的低吼。

他跪在地上的姿勢看起來有些彆扭，似乎不是普通人最省力的姿態，而是好像在用什麼東西僵硬的撐住他的身體一樣……

東明饕餮忽然明白了，東崇的腰根本就沒好！剛才傷到的不只是神經，連腰椎都已經完全斷裂了！他現在是把自己的下半身當作支撐物一樣控制，所以他才能這麼快站起來，所以他的姿勢才那麼怪！

「快閃開！」東崇懶得和他解釋那麼多，再次怒吼。

東明饕餮從東崇的身側望向天瑾，天瑾立即明白他的意思，當即揚手將自己的劍向他拋了過去。

他接到劍，順勢轉身朝與東崇對峙的傢伙砍去。由於不能使用靈能助力，他砍入敵人鎧甲時完全是在用蠻力硬剁。只聽喀嚓一聲，對方的鎧甲裂開了一條大口，他執劍的右手也因為強烈的回震而感到一陣劇痛。

東明饕餮無暇分心看傷，只能強行續力，硬生生的砍過第一個人的腹部，只有輕微力衰的劍勢又將另一人胸腹部的鎧甲劃出了一道深長裂痕。

被他砍中腹部的人退了幾步，傷口處冒出滴滴答答的液體，手裡的劍噹啷一聲掉落在地上。他整個人好像被化成水的冰一樣，一點一點的矮下去，地上也增加了一灘越來越大的水痕，最終只剩下一堆鎧甲叮叮噹噹的掉落在地上，散亂的堆成一堆。

被傷到的第二人撤回與東崇交擊的大劍，斜刺向東明饕餮狂劈。東明饕餮左右抵擋，雖技巧不怎麼樣，不過勝在速度夠快，對方一時半會兒竟無法得逞。

但他畢竟是趕屍家族的嫡系傳人，學的主要是推演和咒術之類的東西，他的武術和霈林海之間也就是五十步與百步之間的差別，哪裡有技巧可言。與對方僅僅過了十幾招而已，他就開始手忙腳亂，顧頭顧不了腳，自然漸漸露出了頹勢。

「沒見過劍術這麼差的靈能師。」天瑾陰沉的聲音跟隨著劍風，輕飄飄的來到了東明饕餮的耳邊。

東明饕餮心中大怒。

——好！好！好！妳說我劍術差……那我就差給妳看！讓妳知道什麼叫真差！

趁對方攻擊的空檔，東明饕餮的劍法驀地一變，竟再也看不見他劍法的軌跡，只見一團雪亮的劍光向敵人滾去，那名戰士立刻落在了下風。

樓厲凡順利的解決掉手中的敵人後，又和早已完成任務的雲中榭一起聯手對付追殺霈林海的那三人。可直到他們連這三人也解決完了，回頭再看東明饕餮時，發現他依然在對自己的最後一個敵人進行窮追猛打。

不過嘛……打是打，他的效率可實在不怎麼樣，而且……

「那小子到底用的是哪個流派的劍法？」雲中榭問，「難道是近年來新創的嗎？我怎麼沒見過？」

樓厲凡答道：「我還想問你，他用的是不是什麼失傳很久的劍法呢。」

……看來都不對。

天瑾扶起東崇，雙手按在他的腰部，以猛推強行復位，並在骨骼上加了一個固定咒。現在東崇的神經和血管雖然還沒有接續，無法直接控制下半身，但至少沒有之前那樣一碰就斷掉的危險了。等離開了這個地方，他有的是時間恢復剩下的部分。

「謝謝……」

「不謝，我的能力不行，所以現在只能做到這樣。」

「只要能保持不斷就可以了。」

「嗯……啊，對了──」天瑾用下巴一指還在那裡勇猛攻擊的人，「那是你教的招式？看起來很厲害，叫什麼？」

「那……」東崇苦笑，「那個還沒有名字，妳可以叫它『亂七八招』……」

「……？」

看天瑾的表情就知道她完全不能理解自己的笑話，東崇只有無奈的聳肩，說：「也就是說他現在什麼招式都沒在用，純粹只是靠蠻力砍而已……」

東明饕餮唯一占便宜的就是他肌肉的力量和爆發速度，雖然一直以來他都不知道自己二代旱魃的身分，但對二代旱魃應當有的驚人體力還是很有覺悟的，如果不考慮靈能力因素的話，別說是那個戰士，就算是東崇本人要抵擋也要思考一下才行。

那戰士邊擋邊退，在一輪狼狽的潰退之後，他不小心被身後的椅子絆了一下，仰面向後倒去，胸前空門大開，東明饕餮立刻將劍刺入了他的心臟部位。

戰士的動作彷彿被喊了「停」一般靜止住，呆呆的站在那裡，直如泥雕木塑。東明饕餮上前，一把抽出劍，那戰士慢慢的跪倒在地，鎧甲一件一件剝落，乒乒乓乓的落在地上，他的軀體完全化作了黑色的水，蒸發消失。

「哇哈哈哈哈！」東明饕餮仰天長笑，「看吧！女人！就算是我的無招也比你們的無招更厲害啊！哈哈哈哈……」

不過很可惜，此時的天瑾根本連看都沒往他那裡看一眼，只是忙著替戰鬥中受傷的其他人做治療。

樓厲凡動了動腿，受傷的地方還有點痛，不過血止住了，傷口的外表也已經癒合。既然這樣就不需要再止血了，他解下繃帶，隨手丟到一邊。

「真沒想到，妳的治療術居然不錯。」他對天瑾說著，可惜那語氣不太像感激，更像是在問「妳一個預言師學這個幹嘛」。

正在為霈林海治療的天瑾抬抬眼皮，冷冷的道：「啊，就是因為有你們這些連治療術都不好好學的靈能師，在最危急的時候才會需要我。」

寒風吹過……

雲中榭適時的擋在他們中間，一路飆升的火藥味又回落至原點。

「好了，現在不是說這個的時候。」東崇說，「我們需要先搞清楚，你當時是怎麼失蹤的？為什麼會出現在這裡？」他看一眼那個魔戰士，又將目光轉向霈林海，「還有霈林海，他是怎麼找到你的？剛才他的失蹤是怎麼回事？是你把他帶走的嗎？」

「關於這個……」樓厲凡簡單扼要的講了一下他在這段時間裡的遭遇，最後道：「總之要不是他——」他指了指身後烏黑的魔戰士，「我們大概還在往相反的地方跑。你們怎麼回事？怎麼跑到這種地方來了？」

天瑾替最後的東明饕餮做完治療，在他身上擦擦手，也不看東明饕餮愁苦的臉，轉身說道：「我們跟著感應線來的。」

樓厲凡皺眉，「感應線我早就扔回去了，妳難道感覺不到那不是我嗎？」

天瑾瞪著他，烏黑可怖的大眼睛看得人心裡直發毛，「誰讓你扔回來的，你難道不知道這樣會讓人走上歧途嗎？」

——天吶！這還有天理嗎！我扔回去可是為妳好，妳居然一點都不領情！

「妳身為預言師難道不知道遙測一下對方的情況？萬一妳出什麼事怎麼辦！」他大叫。

天瑾挑了挑右邊的眉毛，露出一個好像在笑的表情，「是啊……」

樓厲凡自知失言，再看看其他人，一個個都裝作「我什麼也沒看見、我什麼也沒聽見」的樣子面朝其他方向，耳朵卻豎得直直的聽他們的對話，他不由得悔得腸子發青。

「不，我不是那個意思……我是說，妳一個人的話就算了，萬一把其他人也牽連進來的話……」欲蓋彌彰！標準的欲蓋彌彰！連他自己都不得不在心裡大罵自己。

「那就對不起了。反正自從到這裡，我的預感和遙測能力就下降了百分之七十，準確度下降百分之五十。」

預感和遙測下降百分之七十，準確度下降……

大家的臉綠了一半。

東明饕餮試探的問：「也就是說……妳現在能預感到的東西只剩下百分之十？」

「不。」天瑾淡淡的說：「原來也只是百分之八十的機率。」

所有人的臉都開始發黑。

照這麼加加減減下去，那他們豈不是等於跟著小學未畢業的預言師闖龍潭？只要她在途中犯一點錯誤，他們現在就已經死光了！

「妳為什麼不早說！」

「早說的話，你們已經逃走了。」聲音平和……而且理直氣壯。

「話是這麼說，但是……」

「只要保證你們不逃走就行。」

——妳到底把我們都看成什麼東西啊！

相較於東明饕餮的悲憤，雲中榭倒是很平靜，他說道：「現在追究這個也晚了吧，我們已經來了，而且也找到了樓厲凡，追不追究都一樣了。現在當務之急是快點離開這裡，誰知道後面會不會有其他什麼東西……」

大家點頭表示贊同。

樓厲凡點過頭，又道：「你們還沒告訴我，你們是怎麼到這裡來的？難道是那些戰士把你們打進來的嗎？」

「不對。」雲中榭指了指上方，「是那裡。」

樓厲凡和霈林海抬頭，這才注意到這華貴的大廳頂上竟有一個很大的洞——大到足夠把他們四個人統統摔下來。

「我們本來是順著甬道下來的，途中那些……」雲中榭頓了一下，「我長話短說。總之我們途中遇到了不少險阻，不過還算順利，可是走到那裡的時候發現……」他又指了指那個洞，「我們發現沒路了。」

樓厲凡瞟了瞟天瑾，再看看其他人頹然的表情，猜測道：「難道就在這時候，她告訴你們說，只要從那裡砸個洞出來就可以找到我們？」

雲中榭和東崇同時發出一聲長嘆，大有「終日打雁終被雁啄瞎了眼」的意思。

東明饕餮也嘴快，順勢道：「是啊是啊，不過那個地板實在是太糟了，簡直就是豆腐渣嘛，我們只是稍微敲了敲就裂開那麼大個洞，然後就掉下來了。那些戰士像是知道我們來了一樣，站在那裡守著，我們剛落地，還沒喘口氣就被人迎頭痛擊，連我都差點被人砍死！」

大家心裡默唸：因為你的劍術是除了霈林海之外最差的……

幸運的是，這種圍剿沒有進行多少時間，樓厲凡和霈林海就出現了，他們這兩個生力軍的加入對這次的勝利發揮了關鍵的作用。

雲中榭說：「不過，幸虧這位預言師提醒我們不要用靈能攻擊，否則說不定大家都要葬身在這裡。」

天瑾陰陰的說：「我沒有提醒。」

大家一齊看向她。

「沒有？！」

樓厲凡說：「我分明聽見是妳在腦子裡告訴我的。」

雲中榭也說：「沒錯，的確是妳的聲音。」

東崇和東明饕餮互相看對方一眼，「我們什麼也沒聽見。」

一直被遺忘的霈林海插了一句：「我也沒聽見……」

樓厲凡冷然道：「如果連靈能都不讓你用的話，你現在已經死了。」

霈林海閉嘴。的確，他的劍術太差，又不像他們一樣對靈能收放自如，攻擊的時候不帶靈能可以，可防禦的時候不能不帶，在攻擊時禁止能力的那一刻，他的防禦力也會被禁用，要是他聽到了「那個聲音」，現在沒死也是重傷。

東崇環視一周，視線落在天瑾身上，「小姑娘，真不是妳說的？」

天瑾眉毛一挑，「我沒必要做好事不留名。」

樓厲凡回想當時的情景——他、霈林海、天瑾和雲中榭四個人與敵人混戰，而東明饕餮正在為東崇做治療。其中，沒有作戰的東明饕餮和東崇沒有聽見，不需要提醒的霈林海也沒有聽見，而他和天瑾、雲中榭三個人正是最需要提醒的時候，恰在此時，聽到了那個本該是天瑾但天瑾絕不承認的聲音……

「那妳聽見了那個聲音嗎？」東崇問。

天瑾疑惑的歪了歪頭，「剛才我的遙測好不容易有了一點感覺，想試試看不用靈能的效果，正好看到那個沒用的二級旱魃……」

東明饕餮狂怒，舉著拳頭就要撲向她，被東崇勾著脖子拉了回來。

「和那個殘廢的混血旱魃……」

東崇鬆手，東明饕餮撲到天瑾附近……被樓厲凡一腳絆倒。

「……被人逼到角落，就順手幫忙。」

聽到這裡，雲中榭和樓厲凡同時開口：「我們就是那個時候聽到的！」

東崇忽然想起來，「對了，剛才饕餮說，他聽到我的聲音對他說『扔出去』，他就把一個魔戰士扔到我們這邊救了我。可我那時候什麼也沒有說過。」

六個人面面相覷，忽然想到了另外一種可能——除了他們之外的另外一個人……或者不是人！

所有人猛地轉頭，看向那個把樓厲凡和霈林海帶到這裡來的魔戰士。他仍然站在那裡，滿是黑灰的臉上帶著微笑，雙手扠腰看著他們。

幾人暗暗心驚，剛才樓厲凡已經介紹過他，但是他們居然轉頭就忘了他的存在，如果他是敵人的話，現在他們都不知道死多少次了。

東崇揚聲道：「閣下何人，可否報上名來？」

那人依然微笑，沒有動，也不說話。

雲中榭指著他問霈林海：「啞巴嗎？」

霈林海也惑然：「明明剛才說得很溜嘛。」

東崇又問了幾次，仍然沒有得到任何回答，甚至連點反應都沒有。他仔細審視了一下對方的眼睛，恍然大悟，不輕不重的拍拍腦門，「怎麼忘了這個！唉！真是……」

他一甩袖子，手心發力，他面前的空氣竟像波紋一樣突然震盪起來，波紋從外到內一圈一圈蠕動，縮成一個圓環，他單手一指，那圓環嗖然飛出，只聽「轟」的一聲，非常神準的砸中了那個人。

「啊！」霈林海慘叫。

樓厲凡被他嚇了一跳，「你叫什麼？又沒砸到你！」

「是沒砸到我，可是……」霈林海自己也說不清楚，但他覺得剛才那一聲好像不叫出來就不舒服似的……真奇怪。

令人驚奇的是，那人臉上的微笑還是絲毫未變，直挺挺的佇立著接下了東崇的攻擊，然後完美的……撲通倒地，帶起一蓬黑煙和塵土。

霈林海大叫：「怎麼回事怎麼回事！那個人被你打死了！東崇你居然下這麼重的手！他好歹也幫過我們——」

樓厲凡額頭上凸起一根青筋，「霈——林——海！你給我滾過去看清楚再說！」

他一腳踹在霈林海的屁股上，霈林海踉蹌幾步差點栽倒。他對樓厲凡一向敢怒不敢言，心中再悲憤也不敢吭聲，只有捂著被踹傷的地方一瘸一拐的走到那個人身邊，蹲下查看對方的情況。

一會兒，他青著臉對東崇說：「你把他打死了。」

東崇笑笑，扶著自己的腰，不太自然的走到那個「屍體」旁邊，踢掉了他的頭盔。

那個頭盔下面，什麼也沒有。那是個無頭的戰士。

霈林海慘叫一聲，連滾帶爬的奔回樓厲凡身邊，哆哆嗦嗦的指著那個「無頭屍體」說不出話來。

東明饕餮也在同一時刻緊緊抱——或者說勒——住了樓厲凡：「殭殭殭殭屍啊——！」

一股怒氣直沖頭頂，樓厲凡忍無可忍的暴吼：「我怎麼就那麼倒楣，遇見你們這兩個沒用的東西！你們真是白擁有那麼強的力量了！」

那兩個人死扒著他，被罵死也不鬆手。

自始至終，雲中榭和天瑾都毫不動容的看著這一幕，當霈林海逃回來的時候，他們兩個走了過去。

「不像魔戰士。」天瑾說。

雲中榭同意，「的確不像魔戰士。」

東崇提高聲音問樓厲凡：「當時他確實自稱是魔戰士嗎？」

樓厲凡回應：「的確是。當時他發誓的時候用的是魔戰士的名譽，而且他身上穿的也是魔戰士的標誌鎧甲。」

「那就奇怪了。」東崇用鞋底蹭掉了那個魔戰士胸口的黑灰，露出下面透著湛藍光芒的黑色鎧甲，「這鎧甲的樣式確實是魔戰士的，不過質地不同。我還沒見過哪個魔戰士的鎧甲是用黑金剛做的呢。」

一聽他這麼說，樓厲凡心中也好奇不已。他把兩個糾纏自己的人毫不留情的踢開，走到那「屍體」旁邊去查看。

東崇回頭發現霈林海和東明饕餮想看又怕得要死的可憐樣，笑道：「不用害怕，這個人沒有死……當然，它也沒活過，這只是那個人留下的『複製品』，等會兒就會消失。再不過來看的話就沒機會了。」

那兩個怕鬼怕殭屍的靈能師鬆了一口氣。

「沒看出來，真沒看出來……」霈林海訕笑著一步步挪過去。

東明饕餮想從正面直接過去，不過想想還是放棄了，他謹慎的走到東崇身後，從他側面伸直了脖子去看那個複製品，「咦？它是不是開始化掉了？」

在那個沒頭的身體上，脖子只剩下一小部分，斷面不太整齊，不像外力所致，更像是被融化了似的，斷面中部有一個凹坑，一直通到黑洞洞的腹腔裡。這個複製品就如同一個在腹腔內被放置了火爐的冰人，從裡到外，從上到下，一點一點消失。

霈林海看到掉在一旁的頭盔，心裡忽然一動，想拿過來看看，然而他的手指剛剛碰到頭盔，那裡就出現了一個黑洞，他又轉而去碰其他的部分，可不管他碰到哪裡，哪裡都會出現黑洞。他堅持不懈的在剩餘的頭盔上抓來抓去，可直到最後，頭盔變成了篩子，又從篩子變成簍子，直到消失成空氣，霈林海也沒抓起哪怕一塊小碎片來。

樓厲凡就站在他旁邊，看著那麼大個子卻蹲著和個沒用的破頭盔奮鬥，他真想掐死他。

「霈林海！你這個蠢材！」他怒吼，「你要看它還不如看靴子呢！老擺弄那個頭盔是在幹什麼！」

霈林海條件反射的跳起來，垂著頭老老實實挨罵。樓厲凡說得沒錯，要看這個頭盔還不如看靴子，至少那雙靴子看起來還沒有要消失的意思，可是身體的肩膀以上部分已經消失無蹤了。

但霈林海覺得那雙靴子不眼熟，也對它沒興趣，他感興趣的是那個頭盔——他肯定在哪裡見過，真的，非常眼熟！不過戴在那個人頭上的時候他沒注意，直到剛才看到頭盔在地上躺著的時候，這種感覺才忽然浮現出來。

東崇咳嗽了一聲，把霈林海從劍拔弩張的可怕氣氛中解救了出來，「咳……那麼我們接著剛才的話題。從這個人的裝束樣式看來，他很像魔戰士，但其實不是，因為魔戰士的薪水太低，沒錢買這種高級黑金剛做的鎧甲。如果不是那個人為了逼真，離開的時候用了百分之九十以上的相似度複製，可能連我也沒機會看到這麼稀有的東西。」

東明饕餮驚奇的問：「那你怎麼知道他用的是真的黑金剛？」

東崇微笑：「有照片即可。我又不是你這種同一個聖品看十遍還堅持選出贗品的人。」

東明饕餮憤怒，握拳。

東崇裝作沒看到，又繼續說：「如果是買得起黑金剛的人，那身分必定不凡，就算身分平凡也應該很有錢，可不管是有身分還是有錢，都不可能看上最低等的魔戰士裝束，至少也打造個貴族鎧甲吧，怎會搞得如此低檔。」

雲中榭隨口說道：「說不定他就是喜歡這種品味。」

樓厲凡說：「這麼說，剛才他在上面的時候也說過『以身為魔戰士的名譽發誓』，看來他對這個身分還挺自豪的。」

「霈林海，你覺得呢？……霈林海？霈林海？」

霈林海從自己的世界裡驚醒，莫名其妙的看著其他人，「什麼？我怎麼了？」

東崇聳肩，「你心不在焉，算了。那麼小姑娘……姑娘？妳怎麼一直不說話？」

天瑾抬起黑得有些嚇人的眼睛，將盯著她不放的男人們冷冰冰的掃視了一圈，除了雲中榭之外，所有人都起了一身雞皮疙瘩。

「你們不覺得奇怪嗎？」她森然問道。

「啊？」

天瑾轉頭面向樓厲凡，「你什麼時候變得這麼八卦了？我們就算從水溝裡摸到這裡你也不在乎吧，就算聽到我的聲音而我不承認也無所謂吧，這個蠢材……」

她踢了那個複製品一腳，冷冷的目光再度環視一圈，一個一個慢慢的，直到掃過最後一個人，「就算是錢很多、喜歡用黑金剛做抓癢棒也和你們沒關係吧……你們這群男人，聚在這裡跟群八婆一樣絮絮叨叨，難道都不覺得羞恥嗎？」

被女人罵作八婆的滋味可不好受，四個男人在心裡不知握了幾百次的拳，真恨不得她現在就變成男人，讓他們狠狠揍一頓。

然而，天瑾的下一句話就改變了他們的想法。

她說：「你們被迷住了。」

四人如醍醐灌頂，悚然而驚——只有霈林海，依舊茫然。

沒錯！除了某些人——不含某饕餮——之外，其他誰都不是那麼愛管閒事的人！而他們這群不愛管閒事的人，卻圍著一個沒腦袋的複製品評頭論足，並且從中猜想那毫無意義的意義，簡直又無聊又噁心！

東崇低頭看看那個在空氣中繼續溶解的複製品，當看見已經退到胸口的斷面上那個從頸部起就一直存在的洞時，他猛地後退幾步，捂住了口鼻，「是它的問題！大家快退開！」

其他五人學他的樣子，紛紛退後，並捂緊口鼻。

「它裡面有八卦迷煙！」

樓厲凡和雲中榭腦袋嗡的一下。

八卦迷煙！

中了這種迷煙的人都會忍不住八卦自己眼前最吸引注意力的東西，這是最下流、最無恥、最可笑的手段。他們可是有著多年經驗的靈能師，居然被這種最下流無恥可笑的八卦迷煙放倒，簡直就是恥辱！

但問題是，哪個「魔」會有如此無聊的趣味，使用連人類的靈能師都覺得低級的辦法對付他們？

六名靈能師捂住口鼻，眼睛盯著那個放了八卦迷煙的假軀殼，各自分散退開。

「現在怎麼辦？」霈林海習慣性的問身邊的樓厲凡。

對他來說，不管雲中榭或東崇有多麼厲害，他也都只會以樓厲凡為馬首是瞻。這不僅是習慣問題，簡直幾乎變成了本能。

不過今天他的馬屁拍到了馬腿上，樓厲凡原本心裡就為自己遭暗算而怒火滿腔沒處發洩中，這個不長眼睛的居然在這種時候惹他！

「怎麼辦怎麼辦怎麼辦！你就會問我怎麼辦！你又不是不知道我現在喪失靈感力了！連天瑾的遙感和預感也喪失了大半！你現在好意思問我們怎麼辦！」

劈頭就挨了一頓罵，霈林海都快哭出來了，「可是那……那和我有什麼關係……」讓大家陷入這種地方又不是他害的，他們喪失靈感力也不是他的錯，這麼不分青紅皂白就開罵，他簡直比竇娥還冤吶！

「你這個蠢材！」他揪住霈林海的領子用力晃，「豬腦袋！腦殼子裡進水的大白痴！為什麼直到現在還沒有發現！你唯一缺失的靈感力已經出現了！我們的靈感力全都出了問題，只有你的靈感力出來了！你能用靈感力了！為什麼非要我親口說出來你才能明白啊你這個榆木腦袋！」

霈林海本來就糊塗著，被樓厲凡這麼一晃就更搞不清楚情況了。所以他非常惶然，實在不明白自己又哪裡錯了。

他從來沒擁有過靈感力，現在莫名其妙的出現，又沒人告訴他靈感力長得什麼模樣，他自己也還沒弄清這個和靈力替代時有多大的區別，在有人告訴他之前，他要自己體會出這一點基本上是不可能的事情。一個新能力嘛，至少得給他一個星期瞭解的時間……不過這一點是不能說出來的，否則他很可能遭到樓厲凡激烈虐待後毀屍滅跡……

「樓厲凡，你冷靜一點。」

天瑾和雲中榭一左一右，將處於狂暴邊緣的樓厲凡用力拉開，否則再這麼下去，不用別的敵人出現，霈林海也不可能活著出去了。

樓厲凡又在空中向霈林海踢出一腳，霈林海抱頭鼠竄，沒有被踢到。

「滾！不要讓我再看到你！滾！」樓厲凡被架住不能動，只能嘴上怒吼。無法發洩的憤怒讓他的眼睛裡充滿了通紅的血絲，臉色因過度通紅而泛出不正常的絳紫，脖子上也是青筋鼓脹，好像稍不小心血管就會爆掉。

霈林海眼淚汪汪的躲到東崇和東明饕餮身後，高大的身軀縮得小小的，生怕被晴天霹靂掃到。

「你沒事吧？」雲中榭皺眉。他一開始就對樓厲凡的壞脾氣有所「耳聞」，尤其是他失蹤前的那段時間，每天都有一到兩場的「接觸性暴力」在宿舍樓道裡上演。但不管那些時候霈林海被揍得多麼厲害，樓厲凡的表現都沒有這麼嚴重，然而看他今天的樣子，簡直就像面對的是他的殺父仇人，一個不小心就會撲上去把霈林海咬死。

樓厲凡的心中翻攪著難以遏制的殺意，他不知道是對誰，只知道自己的血液在看到霈林海時就會沸騰起來，而且越來越嚴重，越來越難以壓制。

霈林海感覺不到靈感力其實不是什麼大事，樓厲凡自己也知道對任何人而言，每一種新的能力都需要親身適應和理解，不可能剛開始就輕輕鬆鬆的明白是怎麼回事，可是……他忍不住，真的忍不住……很想抓住霈林海，割斷他的喉嚨，放光他全身的血，抽了他的筋，活扒了他的皮，一點一點把他的肉撕下來……

不……

他不只想對霈林海這麼做……

還有天瑾、雲中榭、東崇、東明饕餮……他們每一個人，他都想……對他們這麼做！

按下心中翻攪的欲望，樓厲凡慢慢的推開雲中榭和天瑾，「我沒事……我真的沒事……我們快走，再不走的話，說不定還有什麼陷阱出現……」

——他怎麼了？為什麼會有這些可怕的感覺？是誰對他幹了什麼嗎？是他一腳踏入了什麼圈套裡面？

這回連東明饕餮也看出樓厲凡的不對勁，「樓厲凡？你是不是不舒服？你的臉色……」霈林海悄悄的從東崇身後探出半個腦袋，想看看樓厲凡怎麼樣了。可是他還沒看到樓厲凡，樓厲凡就已經看到了他。

「霈林海！我說了不要讓我再看到你！」

霈林海刷的又把腦袋收了回去。

樓厲凡努力的深呼吸，用手按住太陽穴，把那裡跳得咚咚咚的脈搏用力按下。這樣不行，雖然他不知道發生了什麼事，但是這麼下去不行。

他一隻手抓住天瑾的後背，將她用力推給雲中榭，「我的理智不知道還能維持多久，所以你們聽著……不要打斷我……」

雲中榭微微訝異，卻還是順勢將天瑾拉過來，護在自己身後。

樓厲凡道：「你們都知道吧，霈林海，是除了靈感力之外全能的特異體質，不過他所有的超能力都不夠精通，能夠純熟使用的更是少之又少。但是自從到了這裡，他的超能力明顯比在學校的時候要強得多，連視力追蹤都能用得相當厲害……」

「而剛才在上面的時候我發現，不知道為什麼，他的靈感力也出現了。我不知道這是什麼原因，只怕他自己也不明白，但我覺得，既然他能在這個時候恢復靈感力，那冥冥之中必然有什麼原因──我猜也許不是什麼壞的原因……但無論如何，如今我們的靈感力都受到限制，連天瑾的超能力都難以發揮，不管霈林海的靈感力是因為什麼而出現的，我覺得大家最好還是跟著他儘快離開這個鬼地方。」

樓厲凡說的話非常有道理，霈林海的靈感力出現得很奇怪，之前他擁有所有超能力而唯獨缺失靈感力這一點也同樣很奇怪，但現在不是追究這個的時候，對他們來說更重要的是結果——他們有了一個能夠帶領他們出去的人。

原因無所謂，只要能帶他們安全的出去，管他用的是什麼見鬼的力量呢！

雲中榭當機立斷，對眾人道：「樓厲凡說得沒錯，我們現在最好還是靠著霈林海的靈感力，儘快離開這個地方。霈林海！你現在能感覺到出去的路嗎？別說是上面那個洞！靈氣馭空根本搆不著！除了我們三個之外，他們誰也飛不上去！」

他說的「三個」指的自然是他、樓厲凡和霈林海。

雖然樓厲凡和霈林海一直在隱瞞質性轉換的能力，不過這事瞞不過他，他那時候為了搶奪花鬼的力量，也曾經付出不少努力，質性轉換這種技能對他而言早已不是秘密。樓厲凡和霈林海根本還不會使用妖力，對於妖力的隱藏也完全沒有概念，剛才進來的時候，他們身上的那股妖氣就瀰漫得到處都是，他想裝作不知道都不行。

正因為如此，他心裡也明白，不要說質性轉換的能力是秘密，就算不是秘密，現在要求他們使用妖力浮翔帶另外三個人上去也不可能——他們的能力實在是太菜了，這座該死的大殿又太高，連靈氣馭空都最多只能到達一半的高度，讓他們帶人上去，那根本等於把他們往懸崖下推一樣。

霈林海慌了。大家好像都在等他一個人選擇的樣子，他該很榮幸嗎？可可可……可他現在連靈感力該怎麼用都不知道啊！當初樓厲凡幫他特訓的時候好像說過什麼來著，那個那個那個……靈力的探測和靈感力的探測好像完全不一樣，雖然表面上看起來很像，但事實上卻是全然不同的兩類方式，他甚至連自己的靈感力都還沒搞清就要讓他做這麼重大的選擇，這這這這讓他怎麼選啊！

「霈！林！海！」許久不見霈林海回應，樓厲凡又怒了。他揮舞著拳頭又要衝上前去，雲中榭和天瑾使勁拉住他。

「樓厲凡！你冷靜一點！靜心訣！靜心訣！你們學過靜心訣沒有？唸靜心訣啊！」雲中榭高聲叫道。樓厲凡的力氣大得驚人，即使是他也有點吃不消了。

「去他媽的靜心訣！霈林海你給我出來！讓老子殺了你！殺了你！」

可憐的霈林海躲得更嚴實了，連一片衣角都不敢露在外面，生怕哪裡被樓厲凡看見又想殺他。

雲中榭幾乎用盡了全身的力氣，再加上天瑾也在旁邊使了吃奶的勁幫忙，才好不容易把樓厲凡拖在原地。而現在樓厲凡的理智仍在，所以沒有讓體內的靈力發瘋，他實在不知道如果樓厲凡失去了理智會怎麼樣，別說他自己現在這個樣子，就算是花鬼仍和這具本體在一起，能夠將這個軀殼的能量放大到最大的限度，他還是沒有把握能制住樓厲凡。

當然，那個千年的旱魃吸血鬼也是一樣。

「旱魃！你活了幾千年，難道對這個就一點辦法都沒有嗎！」雲中榭已經很久沒有這種焦頭爛額的感覺了，回頭卻發現那個該死的旱魃和二級旱魃居然一副「與我無關」的樣子看著他們笑，險些氣昏過去。

東崇聳肩，「這個啊……難道不是你最清楚的嗎？」

他這一句話說得奇怪得很，雲中榭腳下一滑，幾乎沒拉住樓厲凡，「你在說什麼！他這麼暴躁和我有什麼關係！」

「當然有關係……」東崇轉身一把抓住霈林海的領子，將他強行從自己身後扯出來推到前面，道：「你——還有這孩子，你們兩個造成了現在的情況。」

雲中榭一臉茫然。

見他還不懂，東崇做了個無奈的手勢，「算了，現在追究這個也毫無意義。總之，就算現在對他用靜心訣也沒有用，你和那小姑娘盡量拖住他，我想辦法讓霈林海學習找路。」

「臨時抱佛腳……」霈林海小聲嘀咕。

「臨陣磨槍不快也光，過來。」東崇拉住霈林海讓他盤腿坐在自己面前，一隻手放在他的頭上，「現在你聽好。對靈能師來說，靈感力是一種很平常的能力，因為它幾乎是一種本能，這和靈力的技巧性探測是完全不同的。它們之間的區別，就好像嬰兒學走路和學聽、看一樣。對嬰兒來說，聽和看難道還需要學習嗎？」

「當然算不需要！」

東崇笑道：「沒錯。視覺和聽覺就像靈感力，是不需要學習就能擁有的基本技能；而走路卻是非學不可，而且走路也有不同的技巧——這就像靈力探測。所以其實你早就能夠使用你的靈感力了，只不過你自己還沒有意識到而已，就像一個初次聽到聲音的人一樣，你還沒能感覺到它究竟長得什麼樣子。現在，平靜下來，閉上眼睛，用你的感受去觸摸……」

霈林海依言閉上眼睛，驟然間，身周的一切嘈雜都消失了，一望無際的黑暗沉積下來，從上到下，淹沒了他的全身。

「我們的身體和感官都是有限制的，並非所有的地方都能去，也並非所有的東西都看得到、聽得見。但是靈感力不同，靈感力是沒有邊界的觸手，它從你身體的每一個部分延伸出來，延伸到你自己根本感覺不到的邊緣……感覺到了嗎？我們都在這裡。」

閉上眼睛。

閉上眼睛。

不必聽，不必看，不必刻意感應。

他們，它們。

即使不看、不聽、不去感應，也一樣知道在哪裡。

周圍的東西，擁有形狀，感覺得到位置，甚至能觸摸到他們每一次微小的呼吸和寒毛上的顫慄。

——靈感力。

——感覺得到。

然而不只這裡。靈感力的觸手還能伸得很長，非常長，長得簡直就快搆不到邊緣……

在霈林海閉上眼睛的同時，暴躁的樓厲凡立刻就安靜了下來。

這種變化實在很突兀，明明他剛才還在暴躁跳腳，怎會一下子就平靜下來？但這是事實，距離樓厲凡最近的雲中樹可以感覺得到，樓厲凡就好像被抽掉了源頭能量的機器，僅僅是一瞬間，他身上大部分的暴戾就已消弭於無形。

「樓厲凡？」天瑾疑問的上下打量著對方，他的情緒變化得未免有些太快，讓人有點不太安心。

樓厲凡做了一個噤聲的手勢，用口型對她道：「我沒事，妳注意著點霈……」

他忽然頓住，一隻手放在脣邊，怔怔的好像忘了自己下一個動作該是什麼。

天瑾碰碰他，他低頭看她，仍然是那種怔怔的表情。

「你怎麼了？」

「我也不知道……」

在剛才的剎那間，他覺得身體被什麼東西一片一片的穿了過去，就像……對，就像立體掃描！不過和立體掃描不同的是，那東西是有形的，他甚至能感覺得到它穿越自己身體的時候觸摸到內臟的細微感受。

「妳沒有感覺到嗎？」

「嗯？」

他看著臉上寫滿疑問的天瑾，心底的某處隱隱覺得不對，卻想不起來哪裡不對，又看看臉上同樣寫著疑惑的雲中榭。最後，他的目光在東崇他們三人身上游弋掃過，心底奇怪的感覺越來越深。

——剛才……我看到的一切就是這樣的嗎？為什麼變了……哪裡變了？

——對了……天瑾的臉色有這麼紅嗎？她的臉不是應該一直都是蒼白的顏色？她的眼睛

是這麼黑嗎？簡直黑得毫無雜質，深不見底。

——雲中樹……他的身體為什麼是青色的？那麼濃烈的香氣是從哪裡來的？

——東崇……東明饕餮……為什麼他們的臉色會泛著死一樣的青灰？他們是什麼時候開始變成這樣的？

——還有霈林海……霈林海？霈林海？

霈林海抬起眼皮看了他一眼——樓厲凡的眼睛告訴自己，霈林海根本沒有睜開過眼睛，他的眼睛一直都是閉著的，但他的另外一套感官卻告訴他，霈林海睜開眼看了他一眼，他肯定看了，絕對看了，他可以向任何人發誓。

霈林海，在看什麼？

而他自己，又在看什麼？

※◆◇◆◇◆◇◆※

霈林海的靈感力無限延長，遠遠的延伸出去，透過無數的格擋，穿過土層，穿過無數不知名的東西，延伸，再延伸……

一個很熟悉的女人背對著他站在一片虛空之上，口中不斷的大聲誦唸著什麼。

——**別唸了**。

這是他的聲音，又好像不是他的聲音。

**——別唸了！**

他不知道自己開口了沒有，也許開口了，也許沒有開口，那聲音從四面八方傳來，像是他在說，又不太像。

**——快住口！！**

那個女人驀地轉過頭來，一張猙獰凶惡的鬼頭面具惡狠狠的貼上了他的臉。

「你他媽的再對老娘叫一句！」

「媽呀！」

一聲就像被人踩斷了尾巴的慘嚎衝口而出，霈林海直挺挺的倒向後方……天吶……他為什麼暈不過去……

正在聚精會神的引導他的東崇一個後仰，險些把好不容易連起來的上下半身又閃斷了。

「你幹什麼？靈感力感應到了東西而已吧！有什麼好叫的！」東明饕餮扶住東崇上半身和腰上差點又斷開的傷口，埋怨道。

霈林海抖得牙齒格達格達響，他覺得自己連腦子都快抖錯位了。

「那個……我我我看見……我看見……」

「你看見出去的路了？」東明饕餮滿懷希望的問道。

「咦？不，那個我還……」

「霈林海。」東崇拍拍他的肩，語重心長的說道：「我們現在是在找出去的路，除此之外，不管你看到什麼都要保持沉默——因為那些和你這次的目標沒有關係！靈感力的目標很散，但你的注意力可不能散啊。」

霈林海更慌了，「可可可你聽我說，剛才我的確是看到……」

雲中榭道：「是敵人嗎？」

「啊？這個好像不是……」雖然很凶，但是沒有敵意……有點怪，不過的確如此。

「那就請繼續感應！直到出去的路出現在你自己的腦袋裡為止！對了，你不是力量全能嗎？預感和遙感都需要一些技巧，不過反正你到這裡來以後超能力就增加了，沒技巧也總有一星半點的感覺吧？」東崇又拍他，拍得非常重。

霈林海可以發誓，他清清楚楚的從這位高級殭屍的眼睛裡看到了「不乖乖幹就ＯＸ你」之類可怕的意味。

「我們的命，可都在你手裡了啊！」

霈林海覺得絕望，他開始後悔為什麼要掉到這個鬼地方來，或者退一步說，他根本不該找這群可怕的人來救樓厲凡……再或者，他其實連樓厲凡都不要救才是正確的，那就不會發生這些可怕的事……

「樓厲凡？樓厲凡？你怎麼回事？樓厲凡？」

聽到天瑾竟帶了幾分驚恐的聲音，大家都朝她和樓厲凡的方向看去。

樓厲凡好像很不舒服的樣子，一手捂著額頭，蹲在地上，天瑾拉著他另外一隻手使勁的晃，像是這麼一晃就能把他的不舒服都晃出來似的。

雲中榭很驚訝，因為直到前一刻為止樓厲凡還很正常的和天瑾小聲說話，只這一轉眼的時間，突然就痛苦萬分的蹲在地上。連離他最近的天瑾都沒有發現事情的預兆。

「厲凡！」霈林海從地上爬起來，不顧盤麻的雙腿就要往樓厲凡身邊去。然而霈林海剛剛邁出一步，樓厲凡就像有感應一樣驀地睜開眼睛，惡狠狠的盯著他。

如果說以前樓厲凡冰冷的目光是一盆冷水，能把霈林海澆個透心涼的話，那麼現在的樓厲凡，他的目光就是冰水比例1：1以上的冰水混合物，只澆個透心涼不算什麼，活生生被目光凍成冰棒那才叫夠威夠力。

所以可憐的霈林海就算當即開始頭昏耳鳴打哆嗦也是很正常的了。

當然，還是有不正常的地方，比如他被凍成這樣還能說話。

「你你你你你們覺不覺覺覺覺得他的眼睛看起來很熟……」霈林海哆嗦著問。

除了樓厲凡之外的四個人都用看怪物的眼神看著他，「你瘋了？你們在一起這麼長時間才發現好像認識？」

霈林海張口結舌。他不知道該怎麼說，但他真的覺得很熟——不是對樓厲凡熟，而是對那雙眼睛……

# 第3章

# 這是什麼神展開?!

樓厲凡驟然身形暴脹，雙爪如風般向身側舞出，只聽嗤啦啦幾聲，躲閃不及的天瑾被抓掉了衣裙的前襟，露出黑沉沉裙服下的白色內衣，連雲中榭也沒能防備住他的指爪，上衣胸口處被撕開了一個大洞，衣服像破爛的旗幟一樣呼啦展開。而在他們反應過來之前，樓厲凡已經連退了幾步，哈哈大笑起來。

「啊哈哈哈哈哈……」「樓厲凡」獰笑，「真是踏破鐵鞋無覓處，得來全不費功夫！原來這裡就有能讓老娘附身的身體，早知道就不費那麼大的勁設陷阱了！老東西！你輸定了！這次老娘非讓你死無葬身之地不可！哇呀哈哈哈哈哈哈哈哈——」

「啪！」左臉一個既清脆又響亮的巴掌。

「樓厲凡」眼前一片星光燦爛。

「樓厲凡你這個色狼！」天瑾大罵。

「耶？我不……」

「啪！」右臉一個更清脆更響亮的巴掌。

「樓厲凡」的臉頰頓時腫得跟豬頭肉一樣。

「樓厲凡你連我的衣服也敢撕！」雲中榭滿臉都是被人非禮的羞憤。

「樓厲凡」張著嘴，想辯解卻不知該從何辯解才好。他的目光轉向霈林海，霈林海也是一副震驚得不能自已的模樣。

「厲凡你……你你你你……什麼時候變成了色情狂——」

「樓厲凡」腳下一滑。

「你胡說八道！我怎麼可能是色情——」

「樓厲凡」的怒吼剛剛出口一半，就從喉嚨裡硬生生嚥了回去。他的瞳仁裡，清清楚楚的映出三個向他齊齊飛來的鐵拳。

東明饕餮自左上、雲中榭自右下、霈林海由正中橫掃，三個人，三個方向，帶著三股不同的勁風劈向正中心的樓厲凡。不管以角度還是速度而言，樓厲凡都不可能從他們的攻擊範圍之內逃脫。

三股力量同時撞擊在一個點上，驚天動地的震響劈裂了空間，他們撞擊中心的地板上被風壓壓出了一個半徑足有幾十公尺的凹坑，從凹坑的中心開始，向四面八方龜裂開無數蜘蛛腿一樣的紋路。

在這種風壓下當然不可能活得了——包括樓厲凡和他身邊的天瑾。

但樓厲凡和天瑾都沒有死，也沒有受傷。因為他們根本就不在暴風圈的攻擊範圍之內。在雲中榭那一巴掌打下去的瞬間，天瑾無聲無息的向後退出了十步左右的距離，而當他們的勁風掃過來的時候，她在自己面前築起了防護屏障，整個人隨風飄退，除被氣壓壓迫得胸口有些窒悶之外，並沒有什麼大的問題。

而樓厲凡呢？

三人在風中飄然落地的同時掃視前後左右，卻是全無樓厲凡的身影，連屍體也沒有。

「上面！」東崇高聲提醒。

三人看也不看，伸臂向上猛揮一擊，三道不同顏色的光芒絞扭在一起，向頂部尖聲呼嘯而去。

在剛才那千鈞一髮之際懸浮於空中的樓厲凡未及喘息，在這極短時間內，不得不雙手抱臂，雙腿前曲，身前浮現出兩隻黑色羽翼的幻影。三道光氣正面撞上羽翼，一道道塵絮般的環狀光波向四面八方層層蔓延，整個大廳震盪著彷彿金屬相撞的清脆迴響。

「你們這群混小子！真的想讓樓家小孩死嗎！」「樓厲凡」怒喝。

「我們倒是沒想讓他死，想讓他死的是妳才對吧！」雲中榭高聲喝道，「別停下！一直打到他掉下來為止！」

三道光氣相互交叉，彷彿一條巨蟒張開了血盆大口，不把目標一口吞下絕不甘休。

「你們以為這是在玩射擊遊戲嗎！」「樓厲凡」一邊左右閃躲，一邊大叫：「你們給我聽清楚！我是魔女爵！魔王的妹妹！你們要是再敢動我一根寒毛……呀！」

不知道是誰的光氣打中了樓厲凡的臉，他的面頰頓時紅了一片。

「樓厲凡」撫著臉，當即嘟起了嘴，翹起蘭花指使勁指著他們，怒道：「混蛋！你們真敢打我！我魔女爵發誓！絕對要讓你們好好體會一下我魔女爵的手段！」

所有人，包括樓厲凡自己的身體，都起了一層雞皮疙瘩。

——好、好冷的表演……要是樓厲凡本人有辦法的話，現在八成已經為名譽而自殺了。

魔女爵伸展雙臂，身周浮現出無數不同軌跡的風的印痕，「我是阿夏拉，我是魔女爵！魔界四方的風啊，聽從我的命令！狂飈風！」

無根的風從無數方位詭異的生長出來，然後朝各個方向以不同的形狀互相糾纏、合併、對抗，產生更加強大而可怕的力量，並逐漸向中央的目標步步緊逼。中央的三人距離風的實體還有很長的一段距離，卻仍是感到了撲面而來的可怕風壓，以及像利刀般能把人活生生撕裂的風刃。

與魔女爵的風一比，他們三人剛才的精采攻擊簡直就和小孩的玩具沒有兩樣。

在外圍的東崇和天瑾被風逐漸逼退到了霈林海他們身邊，望著那鋪天蓋地、張牙舞爪的恐怖之風，人類和非人類都束手無策。

「喂……現在怎麼辦？」東明饕餮淚眼汪汪的扯著東崇，「我們可是遵從你的意思攻擊的！這下把她惹毛了，誰阻止得了啊！東崇！你要是死了怎麼辦！你死了我也沒法活了！」

沒錯，攻擊的命令是東崇以超低音波的方法下達的。因為他並不信任這兩個突然出現的人——無論他認不認識他們兩人，這個地方都不是應該發揮信任的地點。所以他一直在暗中觀察他們的情況，稍有風吹草動就立刻發動攻擊。

無論他這種顧慮有沒有必要，他的觀察仍是發揮了作用。剛才樓厲凡感到身體異常的時候，他雖然看不清楚，卻能感應到有什麼掃過了樓厲凡的身體，他當即判斷出樓厲凡有所不妥，立刻使用超低音波向包括樓厲凡在內的所有人發送了攻擊指令。

只有有軀殼的人才能聽得到他的聲音，而那個看不見的敵人只是將部分意識放入樓厲凡的身體中，其本人並不在本地，自然根本聽不見。

東崇拍拍他的頭……然後用力把他推到一邊去，不耐煩的說：「我知道我知道，我死之前會把我們的聯繫切斷的，到時候你愛活多久就活多久……不過你得先逃得過風再說！」

不過，東崇有一點計算錯誤，他們的攻擊速度比不上對方，無法一擊得手，導致現在不僅不能將魔女爵的意識從樓厲凡體內逼出，還把她惹毛了，事情變得更加複雜，現在是誰也沒辦法。

「啊哈哈哈哈！我要你們碎屍萬段！誰讓你們敢動我！呀哈哈哈哈哈……」

四個男人圍成一圈，緊緊的背靠著背，將能力最弱的天瑾護在中央，從四個方向豎起防護罩，阻擋風攻擊的力量。

狂風漸漸逼近，風刃割在臉上的尖利痛感逐漸清晰起來。

「旱魃……」在風的呼嘯聲中，雲中榭冷靜的提出自己的意見，「我還是堅持我剛才的想法。在沒搞清楚對方的來意就做出攻擊，實在是不明智的選擇。」

東崇緊盯風的軌跡，同樣冷靜的回答：「那是因為你們完全不瞭解她。一個魔女爵，自己的身體就在魔界卻不用，繞了這麼大的圈子跑來搶一個人類的身體幹什麼？絕對不可能是什麼好事，除了闖禍，她不會幹別的。要是不能搶先制住她，到她制住我們的時候就晚了！」

「可是你怎麼知道控制樓厲凡的就是魔女爵本人？」

「聽那口氣就知道了！而且現在魔王正在……被封印。」他的話語忽然很彆扭的拐了一下，不過大家並沒有注意到這一點，「連想篡位、想偷盜的人都懶得來這裡，除了她和守護者們之外，魔王神邸根本不可能有人！誰沒事會和她一樣無聊！」

不……不愧是千年旱魃！居然敢罵魔女爵無聊，真是夠膽！霈林海暗自佩服。不過如果他能更大膽一點，解決掉這周圍的風就更好了。

「啊，對了，東崇！」霈林海忽然想起一個提議，激動的說：「既然你這麼瞭解她，你們之間肯定有些交情吧？不如跟她說幾句好聽的，求她放過我們？畢竟是熟人嘛！她一定會給你點面子的！」

東崇沉默半晌，其他幾人都急切的看著他。

可最終，他也只是黯然道：「其實……剛才讓你們儘快攻擊可不只是先下手為強這麼簡單，我就是要在她認出我之前先把她打糊塗——你們要記住，我乃是封印魔王的人……之一，要不是她從一千多年前開始就有點近視，看不清我的臉，我們現在肯定連灰都沒了。」

「啊——你怎麼不早說！」

其他幾人高聲慘嚎，音調之悲慘，聲音之淒厲，前所未見。

現在他們簡直就是帶了一顆定時炸彈在身邊吶！早知道就讓他留在紅海那邊……

東崇很不高興，「我要是知道今天面對的是誰，你們以為我還有膽子出現嗎？況且又不是我要來的，誰知道那個大咒式圈居然連我都被整個拖進來，現在逃都沒法逃！」

「……」

換言之，大家都是迫於無奈……沒得選擇啊！

不過，雖然有些——非常——害怕，但他們幾人都擁有不可小視的力量，一時的自保沒有問題。問題只在一個人身上。

相較於其他四人而言，天瑾的能力其實等於降到了菜鳥靈能師的水準，最強的能力——預感和遙測都遭到了重大的影響，而她的基本能力也主要用在這兩方面，靈能力水準比羅天舞那四人組強不了多少，應對普通的戰鬥可以，但要應對這些颶風是基本上不可能的。

所以，在那四個男人嚴陣以待的……呃，聊天……的時候，她一直謹慎的觀察著周圍的情況。

颶風仍在慢慢逼近，不管從哪個方向看，幾乎都沒有可以逃脫的空隙——下方是堅實的地基，他們之中沒有一個有土遁能力的人，就是想現挖也挖不出半個窟窿來；上方是「樓厲凡」，占盡天時地利人和，想死的話從那裡最快；而周圍嘛，颶風之刃呈包圍之勢，層層疊疊，水洩不通，就算用靈力罩防護……會有人願意把自己的腦袋放到渦輪的扇葉裡，只為了檢測頭盔硬度合不合格嗎？沒有吧？他們之中也沒有。

如此看來，這也許就是絕路了。她恨恨的看著樓厲凡，心裡轉了幾千個念頭，都是關於如何在最長的時間裡殺掉目標的酷刑手段……

——這個白痴！還說什麼靈能力高強、靈異學科優秀之類的，還不是中了人家的圈套，先是被莫名其妙的囚禁，又讓人占了身體，到現在連這一切到底是怎麼回事都搞不清楚，簡直蠢到了極點！想當初在入學第三次考試的夢境裡，這傢伙還算是我們的領導者呢！那時候的智慧和本事哪裡去了！

想到夢境之中的考試，眼前自然就浮現出式神格鬥的場景，想起那些場景，就忍不住想到了羅天舞他們的能力……她不禁有些懊悔，如果她沒有因為那不確定的預感而把他們扔在起點和半路上，說不定他們那些投機取巧的小本事就能用得著了。比如說那個誰，他的空間裂本領……

空間裂！

颶風已經逼近到最近的地方，即使他們已經靠得不能再近，風勢也還是緊緊的貼上了他們的防護罩，強大的風壓撕扯著防護罩的外殼，從連接不太緊密的地方嗤嗤的往裡漏風。連被他們護在中央的天瑾身上都迸開了一道道微小的裂口，像被薄薄的利刃劃過一樣。

而這還不是最糟的，最糟的是颶風的旋轉正在逐步帶走他們身邊的空氣，如果不能快點解決的話，即便風刃不再前進一步，他們也等不了多久了。

天瑾忽然抓住霈林海的衣服，踮著腳尖在他耳邊吼道：「霈林海！你是超能力全能吧！那空間裂的超能力呢？空間裂怎麼樣？用得熟不熟？」

霈林海想起在學校後山封鬼時用的空間裂，直到現在他回憶起來還是會有點不舒服的感覺，倒不是空間裂有什麼問題，而是那一次的經驗讓他明白了，如果愚蠢的使用自己還不能完全控制的超能力將會造成什麼樣的後果。他很感謝那次的事，不過再回憶起當時的情景，依然會讓他感到恐怖。

天瑾和颶風可不會等霈林海考慮結果，她拉緊他的後脖領子，像要勒死他一樣又喊了一遍：「你到底聽明白沒有！空間裂！你會不會空間裂？」

她的聲音震得霈林海耳朵嗡嗡響，糊裡糊塗就答道：「會啊！只不過不太熟……」

「那太好了！」

天瑾一掌拍在他的後心，霈林海覺得自己的骨頭都快被她拍斷了。

「痛……」

天瑾也不理他的反應，向其他人呼籲道：「如今我們剩下的唯一辦法，就是使用空間裂逃出這個地方。但是霈林海對這項超能力還不能很好的控制，而且我們對這個世界也不太瞭解，不知道如果失敗會被開到哪裡去！所以你們都要做好發生最壞可能的打算，要是死在這裡也不能說是我的錯！」

「現在我要讓霈林海收回他的防護能力，他的能力空缺就由你們三個人補上！當我說開始的時候，霈林海你就要開始使用空間裂，同時其他人準備防護罩遞補！準備好了嗎？我數一二三，預備──一──二──」

霈林海慌了，「等一下！我的空間裂只能開個袋子那麼大的空間，最多把我一個人裝進去！就算到這裡以後能力增加了，可是誰知道增加了多少！要是一個不小心把誰的腦袋露在外面……」

那不就和古代武俠故事裡的血滴子一樣，被風「喀嚓」……

天瑾好像根本沒聽見霈林海的話，手一揮，切了下來，「三！關防護罩！能力遞補！空間裂！」

東崇、雲中榭和東明饕餮同時放出最大的力量，將源源不絕的靈力輸入防護罩壁之中。

撇開東明饕餮不提，東崇和雲中榭的確是極有經驗的靈能師，他們能夠精確的計算出霈林海的超能力撤走之後將會有什麼樣的空隙，因此在霈林海收回力量的一瞬間，他們的超能力就完美的補充在空隙的位置，沒有任何力量的空缺。

唯一的遺憾是，他們不知道霈林海在防護壁上用了多少力量，所以在遞補時使用了一些比較多餘的力量，直接導致了防護罩的性質升級，他們周圍無形的防護罩瞬間變成了有形的環狀罩壁，外層的風壓被防護罩逼開，旋轉的飆風風柱硬是被擠成了彎彎曲曲的樣子。

而和他們三人接近完美的手法相比，霈林海這邊的任務卻被他自己搞得一塌糊塗。

到了這個空間世界後，他的超能力的確發揮得比較好——不過那只是發揮而已，在技巧方面根本一點進步也沒有。以往他在樓厲凡身邊的時候，儘管樓厲凡對他又罵又打，但至少他很瞭解霈林海，對他的能力水準、性質和可以利用的優勢與利用方法瞭若指掌，知道用什麼辦法才能讓他在最短的時間內將能力提高到一個最佳水準。

而天瑾，她對他的能力性質根本不感興趣，不管他是想用腦袋還是屁股發揮能力，她一概都不關心，她唯一關心的就只有一點——那就是「結果」。可問題是，霈林海並不是那種沒有「經過」就能製造「結果」的人。

被強行推出來的霈林海腦袋裡一片空白，所有的咒術啊、課程內容啊、習題啊都長出翅膀飛走了，連對自己天生能力的使用方法都忘了個一乾二淨。

他傻呆呆的伸著手，像殭屍一樣紮馬步站著，由於過度緊張，空間裂雖然能做啟始，但是後續的力量怎麼也接續不上，只見兩隻手掌上啪啪啪反覆閃光，就像斷了氣的打火機似的，只閃光不著火，連半個空間裂也凝不出來。

看他那個傻呆樣子，連一向沉靜——陰沉？——的天瑾也急了，在後面使勁拍打他的背問道：「好了沒有？不是每個人都和你一樣能一直維持那麼大那麼久的力量的！霈林海！霈林海！你聽到沒有……」

霈林海淚如雨下。

他真的很懷念樓厲凡……雖然樓厲凡還沒死，但他真的很懷念他……

「你還是不是男人！霈林海！你這個垃圾！快一點！」

另外三人冷汗如雨。

東崇不忍心再看下去，出聲勸道：「天瑾姑娘，妳別再打了，他的集中力本來就不怎麼樣，妳這麼打，他剩下的那點集中力也非讓妳打沒了不可……」

誰知天瑾的回答振振有辭：「平時他也是這麼沒用的樣子，不過只要樓厲凡出手，他的能力肯定是要多少有多少，這說明他的能力和他受虐待的程度有關，在這種時候當然要用這種辦法試試看！」

「……」東崇三人無言以對。

——她和樓厲凡果然很像……不過只有外表，本質上完全不同……

※◆◇◆◇◆◇◆※

下方打得熱鬧，而這熱鬧的製造者——在空中俯瞰的「樓厲凡」看到下方的情景，忍不住撇了一下嘴，咕噥：「真是沒用啊，人類。嗯嗯……對了，從剛才就覺得有點奇怪……好像聽到了很熟悉的聲音？」

歪著頭想了半天，卻怎麼也想不起那聲音在哪裡聽過，「他」嘖了一聲，轉眼把這個問題拋在腦後，竟不再看那幾個在颶風眼裡掙扎的人，轉而往大廳四方大門的其中一扇飛去。

——嘿嘿嘿嘿，這可是那個樓家的小孩，嘿嘿嘿嘿，總算抓住他了，嘿嘿嘿嘿，這下可以報復了，嘿嘿嘿嘿，看那個該死的樓家還敢這樣那樣……

**「站住！」**

魔女爵停住，左右看看。她的風依然盡忠職守的辛勤工作，風中的幾個人類還在拚死掙扎，好像不太可能跑來耳邊吼她。

奇怪，幻聽嗎？不過這不是什麼大問題，而且她也沒時間追究這個，於是把想法都丟到腦後，又快快樂樂的飛向自己的目標。

**「站！住！」**

這絕對不是幻聽！聲音的主人異常的氣急敗壞，她眼前幾乎浮現出了對方腦袋上凸起的青筋。

「哎呀呀……」她捂著嘴純潔的笑起來，因為她終於知道那是誰的聲音了——不是「想起」，是「知道」，她的視力差，記性更是差得無與倫比，能讓她記得才真是奇蹟，「原來是樓家的死小孩啊，都被我壓在這個身體裡了還能開口，真是不簡單呢。有前途！」

這話倒不是反諷，魂魄再無形也是要占用空間的，而「容器」的空間是有限的，一個大能量的魂魄擠進來，那個小能量的魂魄自然會被擠成鍋貼。像霈林海那種身體，要容納霈林海和樓厲凡的魂魄不是難事，問題是——這不是霈林海的身體，而那個大能量的魂魄也不是霈林海。

現在魔女爵所占用的空間已經超過了樓厲凡身體的容量，如今樓厲凡的魂魄連維持生存都困難，想搶占發言權更是夢想。

雖然說現在侵入樓厲凡體內的魔女爵不是完全體，只是從她自己的本尊裡分裂出來的一小部分，可作為一個人類的「容器」就能讓她進入這麼多她已經很吃驚了，現在發現對方還能說話，自然更要大大的驚訝一番。

樓厲凡怒：「用不著妳誇！假惺惺！」

魔女爵叫：「我不是假猩猩！我是魔女爵！你敢侮辱我！」

樓厲凡默：這個老妖精怎麼回事？是真不懂還是故意的？

久久不見樓厲凡回應，魔女爵更加確定他就是在罵自己，不禁更加憤怒。她是語言白痴沒錯，但不要以為她猜不出他話裡的意思！連猩猩都罵出來了！他的辱罵之意還需要再想嗎！

憤怒的魔女爵舉起雙手，想也不想的開始唱咒：「天上的雷神啊，讓我借用你的力量！以我兄長魔王的名義，要求你——降雷！」

樓厲凡眼睜睜的看著她呼喚雷電，心裡唯一的想法是：這個魔女爵果然是有病，現在用雷打下來，難道要連自己也一起打散嗎？

※◆◇◆◇◆◇◆※

魔王神邸的天空上聚集起了濃厚的烏雲，像鉛塊一樣沉沉的壓在神邸上方，雲層中傳出沉厚可怕的雷聲，在遙遠的地方也能清楚的聽見。

羅天舞和樂遂死死的撐住石頭，已是幾近奄奄一息。聽到上方傳來的隆隆雷聲，兩人抵著石頭習慣性的往上看——當然，他們是什麼也看不見。

「魔界也會打雷吶。」羅天舞說。

「是啊。」樂遂說。

「我們有大半集都沒出場，作者把我們忘了吧。」羅天舞說。

「聽說是我們人氣不夠高，而且不夠帥，不是她喜歡的類型。」樂遂說。

「幸虧有雷。」羅天舞說。

「幸虧有雷。」樂遂說。

沉默。

「雷之後好像一般是雨。」樂遂說。

羅天舞沉默。十分鐘之後，他小心翼翼的問：「我想再確認一下……我們的確在地底下是嗎？」

樂遂回答：「是的，而且之前下來的時候好像沒關神邸門。」

「外面好像是海……」

寒風吹過。

海嘯、暴風雨、海水倒灌、土石流……等等等等在兩人腦海中沸騰翻滾。

※◆◇◆◇◆◇◆※

蘇決銘和公冶站在他們魔界的起始站上，遠遠的眺望著霈林海他們消失的方向，脖子都伸長了好幾寸。

「他們到底什麼時候才能回來呀……這裡很恐怖的呀……」蘇決銘嘮叨。

要是一碧如洗的藍天和波紋輕曼的大海也就算了，這天空和大海的顏色……怎麼看怎麼噁心！要是再往深處想一想，這種情景簡直就和身處播放災難恐怖片的立體電影院差不多，唯一的不同是，這裡怎麼也摸不到電影院的座椅……

公冶呆呆的坐在一塊比較高的石頭上面，腦袋裡奇奇怪怪的想法轉來轉去，不知過了多久，他逐漸把現實和幻想混到了一起，連哪些是真實發生的，哪些是自己臆想出來的都分不清了。

「決銘……」他目光直愣愣的看著前方，說：「這其實是世界末日對吧？整個世界已經毀滅了，只剩下我們兩個人……」

蘇決銘打了個冷顫，仔細觀察公冶的表情，發現他似乎不是在開玩笑。

「公……公冶，你沒事吧？你可千萬不能有事啊！我對精神治療沒轍的！你要現在發瘋的話我就得死在這裡了……」

圖書館四月一日事件之後，公冶的意志就薄弱得厲害，有時連做個夢都會當成真的，每次聽樂遂哭訴他半夜會從床上跳起來「我是樓厲凡我是霈林海我是拜特校長哇哈哈哈」就讓人打心眼裡發寒，萬一他這時候發病，那……那他該從什麼地方逃走的好？

公治好像沒聽到他的話，繼續自言自語的嘮叨：「世界末日，沒錯啊，不然這世界上怎麼會有這麼恐怖的顏色搭配……你看，果然是世界末日呢，那麼遠的地方的雲我都能看得見，又黑又厚，跟鐵餅一樣……不，不是鐵餅，那玩意沒那麼厚。而且我都能聽得見那裡打雷呢，還有啊，起風了啊，又打雷……你看，真的有雷，還有閃電下去了……」

蘇決銘本想塞住耳朵裝作什麼也沒聽到的樣子，和精神崩潰的人說話自己也會崩潰的。但在還沒想好用什麼東西塞耳朵的時候，他的聽覺中忽然捕捉到了一絲隱約的雷震。

蘇決銘立刻警覺起來，他爬上公治坐的石頭，往他目光所及之處眺望。

一塊黑色的雷雨雲，就像一塊黑沉沉的石頭，厚重的壓在海面上。隱隱的雷聲從那裡傳來，間或有閃電在其中進出翻滾，被黑雲切得一段一段，如同一隻隻被腰斬的龍。

海面上吹來一陣陣帶著怪異味道的風，混雜著黑暗的濁氣，熏得人心裡一陣陣發慌。

蘇決銘一把抓住離自己手最近的公治的頭髮，顫抖著使勁晃他，「公……公治，那一定是我的幻覺對不對？一定是的……不可能不是的……世界上怎麼可能出現那種東西……我一定瘋了，我肯定瘋了，你想想辦法啊，讓我的精神快點恢復正常啊……公治啊公治……」

被他抓住頭髮的公治晃得頭都昏了，原本就因為刺激而有點障礙的智力越加退化，為數不多的腦漿裡只剩下了「揠苗助長」這一古老的形容詞。

「公治、公治！世界末日啊！公治啊……」

有句話是怎麼說的來著？當瘋子和傻子在一起的時候，世界末日就到了……

※◆◇◆◇◆◇◆※

魔女爵不愧是魔女爵，即使只是借用兄長的力量也非同凡響。

縱然身在不知多麼深遠的地下，霈林海他們仍是聽到了從上方傳來的隱隱雷聲，可見若是他們現在身在地面的話，得到的將會是什麼後果。

霈林海在天瑾的精神和肉體雙重打擊下，仍是忍不住抬頭望了一眼，不望則罷，一望之下，大吃一驚。

「厲凡！厲凡不見了！」

其他諸人也紛紛抬起頭來，同樣大吃一驚。

天瑾一腳踢在霈林海的腳踝上，怒喝：「都是你的錯！要不是你沒辦法集中精神，樓厲凡怎麼會不見！」

霈林海痛得發抖，卻敢怒不敢言……不，是連怒都不敢。遭此打擊之後，他的集中力更加差勁，剛才還能冒點火光，現在連那點火光都沒有了，兩隻手上空空如也，什麼也凝結不起來。

感到身後天瑾陰沉濃重的殺氣，霈林海心中邊落淚邊想：厲凡吶，你不要怪我，我實在是沒能力救你……等我死了以後會跟你說清楚的，你可千萬不要怪我啊……

雲中樹收回仰望上方的視線，對身旁的東崇道：「旱魃，我忽然想起一件事。」

東崇還在思考著萬一逃出去和魔女爵打照面的話用什麼辦法隱藏自己，所以精神不是太集中，心不在焉的回答了一聲：「嗯？什麼？」

「魔王神邸露在地面外的部分，好像是用實心金屬製造的。」

「沒錯。」

「而且魔王神邸，好像被建造在高處。」

「是的。」

「我記得很久以前的文獻裡有記載過，這一屆的魔王好像是雷魔神，他妹妹魔女爵是風魔神。」

東崇的意識終於拉回來了一點，「對，這是大家都知道的。」

雲中樹繼續問道：「而你剛才說……魔王被封了。」

「我親眼所見。」

雲中樹沉默。

東崇沉默。

兩人脖子後面的寒毛都豎了起來。

東明饕餮聽不懂他們兩人說的話，傻傻的問：「你們說什麼？魔王神邸怎麼了？金屬怎麼了？魔王和他妹妹怎麼了？你們打什麼啞謎呢？哎哎哎！不要鬆懈呀！你們怎麼了！防護罩都出現裂縫了！」

東崇沒時間跟他解釋，一咬牙，對發呆的霈林海低吼道：「霈林海！你聽著！樓厲凡肯定是遇到了危險！我剛才不說是怕你們緊張！但現在不能不說了！」

雲中榭隱約猜到他的意思，肌肉一緊，冷汗流了滿背。

霈林海急道：「怎麼了？他會遇到什麼危險？難道魔女爵會殺了他嗎？」

東崇偷偷摸了摸自己的良心，確定它已經死透，於是閉上眼睛，高喊了一聲：「比殺了他還糟！其實魔女爵是個女色狼！她抓樓厲凡走就是要把他先姦後殺！再姦再殺！一直殺到他死得不能再死為止！」

雲中榭腳下沒踩穩，撲通一聲坐在地上。

東明饕餮一頭撞防護罩，額角眼看著就腫起了一個大包。

天瑾忘了自己接下來想幹什麼，張著嘴站在那裡，呆得像一尊冰雕。

只有霈林海，這個對靈異界的大部分常識懵然不知的菜鳥，憤怒指數當即升到了滿點。

「厲凡！我絕對不會讓你因為我的錯誤而被魔女爵強暴的！放心吧！我來救你！」

剛才還怎麼打都不冒火的空間裂，轟的一聲瞬間從霈林海的雙手著了起來，兩個渾圓的黑色球體在他的手掌上成形，並且成功的慢慢變大中。

不過大家都知道，有個典故裡曾說過一句很經典的話，叫做「禍兮福所倚，福兮禍所伏」。

不管是福是禍，總要付出代價的。

魔女爵不是聾子，樓厲凡也不是。

那兩個人完全不負責任的胡說八道清清楚楚的傳入了魔女爵和樓厲凡的耳朵裡。他們忘了之前到底是在為什麼而吵，轉眼間就站到了同一陣線上。

「女色狼……」

「被強暴……」

魔女爵和樓厲凡活動一下手腕，那張臉上露出了不知屬於他們兩個誰的凶殘微笑，「說得真好……你們兩個……有膽就來受死吧！魔雷天譴！」

一聲天搖地動的巨響，一道千百年難見的巨大雷電擊中了魔王神邸，地面上金屬製的神邸變成了良好的電導體，雷電刺入神邸內部，帶著震耳欲聾的聲音與難以估量的能量，緊緊貼著羅天舞和樂遂拚死推拒的大石，徑直向地底鑽去。

被電輻射打得焦黑的羅天舞吐出一口黑煙，「剛……剛才那個是什麼……」

同樣被電輻射打得焦黑的樂遂咳嗽，也噴出了一股股黑煙，「沒看清楚……」

……等看清楚就死了！笨蛋！

驚雷穿透了厚厚的地層，衝入大廳，向他們迎頭砸來，整個大廳被颶風和雷電攪得金光亂閃，噪音轟鳴。

東崇急道：「霈林海！好了沒有！」

「好了！」霈林海大喝一聲，手中黑光大盛，雙手的黑球瞬間漲大融合，變成一個渾圓的黑洞，將五個人全部包裹了進去。

驚雷砸中了他們剛才站的地方，一時間地動山搖，衝擊波如同波紋般一環一環的振盪出去，將空氣中其他的魔氣粒子撞散，喪失了原本的軌跡。剛才還占領了大部分地盤的颶風在振盪中被逐漸打散，連空中的「樓厲凡」也有點站不住，身體悠悠蕩蕩的不斷搖擺。

雷電一擊而過，卻留下了難以抹去的痕跡——整個大廳的地板都被打沒了，巨大的凹坑像被隕石砸過一樣張著大嘴，周圍的牆壁上星星點點，全是被小雜雷打出來的。若是找一個不知情的人來，告訴他這裡在一分鐘前還是一個像模像樣的大廳，他必定是不會相信的。

「耶哈哈哈哈哈……」魔女爵一隻手放在嘴邊，翹起蘭花指，發出讓人寒毛直豎的恐怖笑聲，「讓你們和我魔女爵作對！都灰飛煙滅了吧！耶哈哈哈哈哈……和我魔女爵作對的都去死！」

和她使用著同一個身體的樓厲凡保持了沉默，不知在想什麼。

魔女爵得意的繼續道：「看見了吧！樓家的小孩！和魔女爵作對沒有好下場的！還不快跟我道歉，求我饒你不死！……啊，對了，你叫樓什麼來著？」

「樓厲凡。」

「哦，樓厲凡吶，樓厲凡、樓厲凡……奇怪？」魔女爵按著並不屬於自己的太陽穴，有點疑惑的自語，「好像在哪裡聽過？」

「……妳剛才對我們自報家門的時候就該聽過。」

魔女爵釋然：「呀，對了，你看我都忘了，活得太久也不是好事，人會變得囉嗦，思想僵化，記憶力也差，一不小心就忘了……」

樓厲凡心道：什麼記憶力差，那死死記得樓家和妳有仇又該怎麼算……

什麼叫選擇性失憶，他現在算是真正體會到了。

不過沒一分鐘，魔女爵再次陷入了困惑：「這不對呀，好像不是那時候，應該是更早以前的……」

樓厲凡無力說道：「妳不是說妳和樓家有仇？我可是樓家排行最小的孩子，妳總不該不知道吧。」

為什麼傳說中的魔女爵居然是這種德性，他又為什麼要幫自己家族的敵人做提醒……

魔女爵堅決搖頭，「不對不對，不是的！是比那更早以前！我絕對聽過你的名字！」

樓厲凡道：「……那就和我無關了。」

在此之前，就算知道自己家的地基下面壓的是與魔有關的東西，他也從來沒想過要與其做如此「親密」的接觸，更別說和他們打交道了。況且他又不是什麼大人物，她怎麼可能聽過他的名字？大概是同名同姓的人吧。

魔女爵早把樓厲凡對她的冒犯和她與樓家的仇恨都丟到了一邊，自個兒開始冥思苦想。可憐樓厲凡就像被關在這個身體裡的囚犯，又不能控制身體的行動，也無法逃逸出去，只能眼睜睜的等著她思考完。

許久許久以後，魔女爵忽然一拳砸在自己的另一隻手掌上，恍然大悟道：「啊！我想起來了啦！」

樓厲凡興趣缺缺道：「妳想起什麼來了？」

魔女爵欣喜道：「我就說！我就說嘛！我肯定聽過！而且是有人跟我說了好多遍吶！天天都說，說得人都煩了……」

——說得煩了……就這樣還沒記住？還要想這麼久才想得起來？

「就是說嘛！海海放假回家的時候天天都念叨你的名字，說你人真的很好，救過他好多次，他算是學校裡最菜的學生之一，和你一起遇到過很多困難，都是你幫他化解的呢！」

樓厲凡在心裡閃過無數人名和臉，把她說過的條件一樣一樣對進去。

海海、海海、海海、海海……

最菜、最菜、最菜、最菜……

救過、救過、救過、救過……

一起、一起、一起、一起……

當一個人完美的與這些條件結合之後，樓厲凡頓時像被剛才那道已經過期的雷電狠狠打中了。

冒煙中。

輕煙繚繞。

「那個……」樓厲凡顫抖，「妳剛才說的『海海』……難道姓……姓……ㄆㄟˋ……」

魔女爵毫不在意的說：「啊，他叫霈林海，我兒子！很帥的名字吧？呀哈哈哈哈……」

樓厲凡轟然炸裂……

——霈！林！海！

——如果我還能活著回去——你死定了！

※◆◇◆◇◆◇◆※

霈林海啊了一聲，回頭道：「你叫我？」

正巧在他身後的雲中榭搖頭，「沒有啊。」

天瑾陰沉的飄到霈林海面前，狠狠揪住了他的領子，「與其關心那個……還不如快點想辦法從這裡出去！」

霈林海的能量是可信的，但能力是死也不可信的……當大家像樓厲凡一樣深刻的體會到這一點時已經晚了，霈林海的空間裂開到了一個連他自己也不知道是在什麼地方的地方，沒有上下，分不清左右，沒有重力，沒有光，什麼也沒有，只有他們五個人，輕飄飄的浮在這個奇怪的空間裡。

不過，雖然沒有光，他們之間卻能互相看得很清楚，若不是這樣，霈林海自己就能把自己嚇死了。

被那個陰沉的女人在這麼近的距離裡用那麼具有壓迫感的眼神死死盯著，霈林海只覺寒風陣陣，凍得連骨頭縫裡都在冒冷氣。

「天……天瑾，天小姐……請妳冷靜一點……」霈林海困難的嚥了一口唾沫，「其實我也很著急，我也很明白妳擔心厲凡被魔女爵強暴……」

「你以為……」天瑾如惡鬼一般的臉和霈林海之間的距離縮短、縮短、縮短……她的表情很恐怖，幾乎比鬼還像鬼，「你以為現在誰見鬼的還在擔心他的貞節！那玩意和我們五個人的命哪個重要！」

「命重要……」

「所！以！我才不管是魔女爵還是魔王要強暴他！我不要待在這裡！你快點想辦法把我們弄出去！」

她惡狠狠的抓住霈林海用力晃、使勁晃、拚命晃……

被當成洩憤工具的霈林海只覺得天地都在旋轉，自己的骨頭架子快要散掉了。這個女人、這個女人……她平時可不是這樣的，不會是有幽閉恐懼症吧……

雲中榭望著東崇搖了搖頭。東崇不動聲色的飄到東明饕餮身邊，盡量用他擋在自己和天瑾的視線中間。

他的確很有先見之明，因為下一刻天瑾就抬起眼皮，一對殺人死光帶著「一切都是因為你」的標籤咻咻咻的射向某旱魃，卻遭到了旱魃小技巧的引誘，結結實實的打中無辜的東明饕餮，東明饕餮當即僵硬。

霈林海已經不知道該怎麼辦好了，他環視一圈大家期待的目光，忽然蹲了下來，痛哭失聲：「……但是心急吃不了熱豆腐，這個、這個這個事情得一樣一樣慢慢來，妳看我剛才就是太著急，一不小心連回路都切斷了，這個這個這個……我我我實在不知道該怎麼開通道回去呀！」

也就是說，指望他是不可能了。

如果只是被困在這裡也罷，畢竟這裡是霈林海開放出來的其他的空間袋，不屬於魔界範圍之內，只要能恢復天瑾在魔界時消失的力量，她就能帶著他們離開這裡。

但是！問題來了！

他們在進入魔界就開始衰退的能量並沒有自動恢復，尤其是天瑾，她的超能力不只沒有恢復，還變得越來越糟。

「小姑娘，妳現在的情況怎麼樣？」雲中榭問。

天瑾甩開已呈半死狀態的霈林海，再次試著想提升超能力，試驗幾次之後，她放棄了。

「不行。剛才在外面至少還有點感覺，現在卻是什麼感覺都沒有，好像被什麼東西切斷了。你們呢？」

雲中榭苦笑著搖頭；東崇伸出一根手指，靈力在指尖啪啪作響，稍微集中一點就會被打散；連東崇都那樣了，東明饕餮自然也不會好到哪裡去，別說閃光，連體內聚氣都不行。

「那霈林海，你的超能力怎麼……」

雲中榭還沒問完就被天瑾冷冷的打斷：「不用問，他的超能力好得很——都是垃圾！想死的就用。」

她這話罵得夠狠，不過也很正常。被嚴重傷害了自尊心的霈林海蹲坐在角落裡，開始顧影自憐。

雲中榭無力道：「可是現在不靠他的話，我們要怎樣才能出得去？」

「基本上只有一個辦法，那就是……」天瑾亮出她尖利的指甲，「物理破壞！」

「……妳的理智還在嗎？」

雲中榭進行了幾秒鐘的考慮，最後還是把這個問題問出了口。不是他無聊，實在是她這種想法讓人難以理解。破壞空間不是撕紙片那麼簡單，如果他們的超能力都正常還好說，現在的情況卻是一群菜鳥加一隻菜鳥中的菜鳥，想做什麼都是有限的。

天瑾露出一個陰森的笑，閃閃發光的牙齒和寒光熠熠的指甲尖相映成輝。

※◆◇◆◇◆◇◆※

「魔女爵看招！」

忽聽身後一聲厲喝，樓厲凡不及回頭，便猛然被一股大力從後方擊中了背部，他毫無準備的身體無法再維持浮力狀態，劃出一道拋物線的痕跡向剛才被雷電打出來的深坑落去。

如果被打下去的純粹是樓厲凡本人的話，就算能夠使用妖力浮翔，他也肯定是起不來了，但此時在這具身體裡的，並不只是他一個人。

在即將落到坑底的瞬間，「樓厲凡」在空中一個瞬間轉體，自深坑內彈出。

「是哪一個夠膽偷襲老娘！」猝然遭襲的魔女爵暴跳如雷，「是誰！出來！」

在剛才「樓厲凡」停留過的位置上，一個黑甲魔戰士浮在那裡，發現一擊不中，立刻憑空消失。

魔女爵大怒：「該死的老傢伙！你以為這樣就能逃掉嗎！」

她右手一舉，空氣中因剛才的落雷而遺下的大量電氣如同聽到了號令一般，開始螺旋狀向內旋轉，一環一環的聚集起來，然後在她的手中收攏、壓縮，變成一個小小的能量球。

她的眼睛四處掃視，好像在追逐什麼東西一樣，跟著一個並不存在於視網膜上的東西上下左右的搖晃。

百無聊賴的樓厲凡跟著她的目光看了好半天，終於不耐煩了，「妳到底在看什麼？別看了，看得人眼暈……那人早就逃走了吧，妳都沒感覺到？他可連氣息都沒剩下。」

魔女爵冷冷道：「年輕人閉嘴，給我看著點！」

樓厲凡乖乖閉嘴，心底思忖著該怎麼做才能擺脫這個神經病，再這麼下去她沒事，他可受不了了。魔女爵畢竟是魔，和人類的基準線根本不在同一條道上，即使只有一部分的力量進入樓厲凡體內，樓厲凡就已經被撐得很難受了，就好像一件不太大的衣服裡硬是要塞進去一個胖子，然後這個胖子還要拚命往肚子裡塞東西吃的感覺。

畢竟是魔呀……他在心中冷然感嘆，不知要是她全部的力量都進來的話，他會變成什麼樣？也許還沒全進來他就先撐死了？不管當初老爹怎麼狂呼樓家天才什麼什麼的，那也都是在他是人類的基礎上，這麼大的力量他終究無法承受，就好像當時霈林海在強奪大咒式下被迫將力量輸入他體內的感覺一樣……

——等一下！

樓厲凡忽然發現了不對勁的地方。

在靈異界，一直都有「附身」這一技能，但不是每個人都能用。因為附身根本不是像那些白痴電視演的，隨便抓一個人就能上。這是很精密的技術，需要像樓厲凡和霈林海一樣，兩人之間擁有一定的默契、有相同的能量波長，即使性質不同也沒關係，否則是做不到的。

樓厲凡和霈林海力量相近，在剛開始卻不是完全相同，不過後來在強奪大咒式的作用下，他們的波長被強行拉得越來越近，最後甚至出現了霈林海單方面的力量傾倒，將樓厲凡原本不算低的能量沖得乾乾淨淨，同時，又將霈林海的力量灌入了相當一部分。

那麼，魔女爵是因何才能對他附身的？是他自己的波長？還是霈林海的？

不……

都不對！其實不管是因為誰的波長都是一樣的，因為他和霈林海剛開始波長就很相似了。正因如此，她才能如此輕易的控制他的身體。這麼說來，只要他能改變靈力的波動，將波長拉扯到一定的程度，就一定能讓這具身體將魔女爵排斥出去！

「本能的力量是無限的」，他非常相信這句話。

唯一的問題是，如果被她知道自己強奪了霈林海的力量——雖然不是自願的——萬一她出現過度反應……

驀地，一抹黑色自眼前一閃而逝，魔女爵狂笑起來：「我讓你跑！看你能不能一直跑！跑！跑！跑到你死為止！」

魔女爵手臂一揮，將手心中的電氣壓縮球朝正前方擲了出去，那小球攜帶著好像刮鍋底一樣的吱哇聲直直的向前飛行，一路上都沒有遇到任何阻礙。在小球即將觸到正前方牆壁的時候，驟然轉了一個直角，硬生生的折轉回來，以樓厲凡的身體為中心，開始在大廳中瘋狂的繞圈子。

樓厲凡目瞪口呆的看著那個好像發瘋的小行星一樣繞著自己身體空轉的球，不知該怎麼反應才好。

魔女爵仍在繼續狂笑：「啊哈哈哈哈哈！呀哈哈哈哈！捏哈哈哈哈……跑啊！看你還能跑到什麼時候！跑啊！再跑快點！慢了可就被打死了！捏呀啊哈哈哈哈……」

樓厲凡覺得自己不能再沉默下去了。

「魔女爵殿下……」

魔女爵心情很好的一擺手，「不要叫得這麼生分！你和海海是好朋友，就叫我阿姨啊，不對，你和海海不是連情侶之間都住了嗎？叫我媽媽也可以啊！哈哈哈哈哈……」

樓厲凡在心中默唸：第一，不能和老糊塗認真；第二，尤其是在這個老糊塗還占領著他的地盤的時候；第三，更何況這老糊塗還有那麼大的力量，再多兩個自己也占不了上風……

「阿姨……」

「哎呀呀，我比較喜歡你叫我媽媽～」

——第四，如果默唸完了還忍不住怒氣，就把這四條再默唸一遍……

「那個，我想有一件事您忘了……」

「咦？什麼事？」

「我是樓家的第四個孩子。」

魔女爵雙手抱臂，輕鬆的答道：「啊，那個我當然沒忘啦！你是樓家的小孩嘛，是我抓你進來的，怎麼會忘！」

「……」居然還理直氣壯！樓厲凡心裡恨得直咬牙。

「你想問什麼？媽媽一定什麼都告訴你！哦呵呵呵……」那副慈愛的嘴臉和剛才完全不同。

「我想說……」樓厲凡第十遍默唸四原則，「既然您已經知道我和霈林海的……關係……」很好，霈林海，你從今天起就是我的專用沙袋了！「那不如先從我的軀殼裡出來，我們有話好好說……」

「不要！」回答得非常乾脆。

一瞬間……即使只是一瞬間……樓厲凡真的很想掐死她。

「為什麼？」

「因為你是重要的人質嘛。」

樓厲凡幾乎要怒吼了：「到底我家的誰怎麼得罪了你們！妳非要抓住我當人質！我告訴妳！如果是我那三個魔頭姐姐，妳就算在她們眼前弄死我她們也不會有反應的！」

「說得也是哦，有這個可能。」魔女爵居然表示同意，不過沒等樓厲凡表示慶幸，她下一句話就又把他打入了深淵之中，「但不試一下誰知道呢？小凡凡你放心，媽媽絕對不會讓你有事的！」

樓厲凡怒火攻心，「我不是說過她們根本就——」

一陣狂風掠過，黑色的影子再次在「樓厲凡」面前一閃。比起剛才，這影子更加清晰一些，雖然還認不出具體的模樣，不過至少可以看出是個近似於人的形狀。

直到此刻，樓厲凡才明白那個發瘋的小行星——不，是電氣壓縮球——究竟為什麼要那麼瘋了似的轉。

它在追人。

在追它正前方那個人形的人。

「……那是誰？」

「他速度都降到這個程度了你才看見吶！哦呵呵呵呵……」她猛地收住了笑聲，惡狠狠道：「當然是那個老傢伙！居然敢和我作對！居然敢打我！居然敢外遇！今天不把他打成灰燼我魔女爵就跟他姓！」

……魔王一族好像從來都沒有姓吧……樓厲凡心想。而且真奇怪，她這番控訴詞為何聽來如此熟悉，好像在哪裡聽過……

那個被電球追的身影明顯變得更慢了，樓厲凡已能很清楚的看出他的臉……看起來很眼熟的樣子……

樓厲凡一愣。

他的確見過對方！

就是那個在假殼裡放八卦迷煙的魔戰士！

魔女爵冷笑，「看來你可比以前跑的時間長得多了吶！不過我可沒時間跟你耗！就讓你嘗嘗我的新手段，看你還能再逃多久！」

她雙手一張，颶風又在她身邊聚集了起來。

「狂風啊！舞動吧！就像我阿夏拉的美麗裙襬！就像我柔軟的腰肢！就像我的容顏！我的美貌！用你最華麗的方式——撕爛他！」

耳邊傳來風的呼嘯，樓厲凡有些驚異的發現，自己眼中的景物竟開始變得模糊，彷彿眼睛被套上了一層塑膠薄膜似的，剛才還清晰可見的牆壁已模糊得看不清上面的花紋裝飾。可即使如此，他自己卻完全沒有感覺到風的存在。

這和剛才不同，在霈林海他們被颶風環繞的同時，他在範圍之外都明顯感覺得到風的壓力，而此時他不僅感覺不到壓力，連衣角都沒有飄起來一下，這實在讓他難以置信。

透過魔女爵從他身上釋放出去的力量，他知道風已經起來了，可是他感覺不到，也看不到，只是「知道」而已。起風的唯一證據，只有這模糊的視線，以及周圍越來越不清晰的景物——魔女爵的風竟如此強大，連光都被扭曲了！

那顆電氣小球發出吱吱啦啦的電擊聲，從小到大，忽然砰的一聲一分為二，然後二又成四，四又成八，如此分裂下去，竟使得這殘破的大廳中充斥著滿滿的電氣小球，無數次的分裂對它們完全沒有產生影響，每一顆都和第一顆一樣大。

隨著無形的風，小球們滿天滿地的瘋狂旋轉，完全喪失了第一顆小球那樣可以預估的軌跡。正因如此，小球每分裂出一顆，那個人的速度就會變慢一點，等分裂到了某種程度的時候，那個人終於停了下來。

確實起風了，樓厲凡終於可以確定這一點。因為直到現在樓厲凡仍然沒有感覺到一點風的壓力，耳邊卻始終有風聲呼嘯，那些小球跟隨的也是風的軌跡，而且在那個人完全停下以後，露在鎧甲外的頭髮和衣物都在順著風的方向呈直線運動，如果是樓厲凡自己的話，別說在這種程度的風裡停下，就算只是想維持個好看點的姿勢恐怕都困難，更不要想像那個人一樣在風中穩當的飄浮。

這樣的風，和剛才攻擊霈林海他們的根本不在同一水平線上。如果說這才是真正的殺招的話，剛才那樣的風不過是吹口氣，玩玩而已。

——對了，好奇怪啊，她不是說霈林海是她兒子？就算近視看不清東西，至少也有耳朵吧？總不會連兒子的聲音都聽不出來……

——而且霈林海也曾經說過，他的父母是真正的「普通人」，那個榆木腦袋連說假話都不會，怎麼可能騙得了他？難道這其中有什麼誤會……

不過這個問題他再怎麼想都沒用，反正他們已經逃走——不管逃到哪裡，總之是逃走。現在最重要的是解決眼前的問題。

「阿夏拉……」那人低沉的聲音在鎧甲之中響起。

樓厲凡微微一訝。雖然他不懂魔界禮儀，不過從妖怪和精靈方面看來應該都差不多，魔女爵始終是魔公主，他一個下級魔戰士居敢直呼她的名字，難道是活得不耐煩了嗎？或者，他雖然穿的是魔戰士的鎧甲，其實卻擁有極高的身分，讓他有足夠的膽量如此稱呼……

魔女爵威嚴的抱起了雙臂，沉聲喝道：「霈統！你已經不可能翻身了！還不快快認輸！免得受罪！」

——霈……霈統！

如果現在是樓厲凡本人控制這具身體的話，他肯定會直線栽到坑裡去。

——這種少見的姓！他和她的關係！還有，她是霈林海的……

「阿夏拉，我是不會屈服於妳的……」那人的嗓音非常有磁性好聽，還帶著絲絲沉鬱的氣味，從連光都能被扭曲的風中清晰的傳遞到「樓厲凡」的耳中，「就算妳不是我老婆而是魔女爵也一樣！」

果然！「霈」這個姓很少見，把魔女爵話裡的前因後果一聯繫，稍微想想就能猜出他和霈林海的關係。

樓厲凡在心裡抱住了頭。他想，這次的事件，他們絕對是……多此一舉了……

魔女爵手一揮，無數電氣小球像聽到了命令一般，一改之前毫無規矩的路線，同時從各個方向往那個叫霈統的人身上招呼去。

只聽「轟轟轟轟……」不斷的爆炸聲響起，所有小球都準確無誤的砸到了霈統所飄浮的位置，一片片火花從砸中的地方爆裂而出，已經根本看不見霈統的身影，只能看到那個地方沒完沒了不斷的爆炸，電光繞著攻擊的中心範圍劈啪迴旋，只要有一點風吹草動就分裂出更大的電光將之打成灰燼，連蚊子也飛不出來，霈統先生怎麼看也不像能活得下來的樣子。

爆炸聲中，樓厲凡驚恐的在心裡大叫：「魔女爵！魔阿姨！妳妳妳妳……妳是不是糊塗了！那個大叔是霈林海的爸爸吧！妳真的想把他像對付霈林海一樣打死嗎！」

魔女爵一愣，「咦？」

小球們的進攻忽然懸停，最中心部分的電氣球密密麻麻的堆成一個人的形狀，雖然不再爆炸，卻仍在繼續放電，環狀電光在周圍像蛇一樣扭動。

「小凡凡，你剛才說什麼？」

「啊？我說妳會殺了他的……」

魔女爵打斷他：「你剛才說海海怎麼了？」

樓厲凡呆滯，許久、許久……

「妳沒發現……妳真的一點都沒發現？妳喊了那麼大的雷下來都不看目標有誰嗎！剛才妳兒子就在妳攻擊的中心點上啊！剛才妳用那麼大的雷打到的就是霈林海啊！」

魔女爵當即花容失色，樓厲凡的身體也跟著起了反應，一張臉青得跟鬼一樣。

「不可能的……怎麼可能，我根本沒看到他……你怎麼不早告訴我！」

「阿姨妳說話要講道理！剛才我連發聲的能力都沒有吧！」

「我的魔王啊……海海……」

她周身的魔氣開始混亂起來，電氣小球從距離她最遠的地方開始一個接一個的消失。

樓厲凡在心底裡悄悄鬆了口氣。這下霈林海的爸爸可算是活得下來了，到時候他一定要強迫霈林海以實際行動對他表示感謝！要讓他付出點什麼好呢？真可惜特異功能不能隨意贈送，否則他怎會讓霈林海那身力量爛在那個不開竅的腦袋裡！

然而，樓厲凡忘了一件事，所謂龍生龍、鳳生鳳，老鼠的兒子會打洞，一切事物的存在總有起因，霈林海那個不開竅的腦袋不會是憑空來的。

在樓厲凡還沒來得及歇一口氣的時候，霈統先生已經從無所不在的電氣中扒出了自己的一張嘴，對劈在自己身上的霹靂連看都不看一眼，便摸出了一個不知哪裡來的擴音器，對著魔女爵吼：「我不會屈服的！妳聽清楚沒有！我是死也不會屈服於妳的！妳記好了！我是男人！只要我還是男人！就絕不洗碗！我寧死不洗！」

魔女爵被激怒了，她一反手，居然憑空拖出了一個足足有霈統那個十倍大的擴音器，跟他對著吼：「只要你還是男人就不洗是不是？那實在太好了！如你所願！本爵現在就把你變成太監！看你還有什麼藉口！」

樓厲凡跌倒，在自己的心臟上劃出了十道長長的刮痕。

——原來……原來是洗碗？只是因為洗碗？！從人間打到魔界，牽連了這麼多人，把這裡砸得跟搶劫現場一樣……只是為了洗碗？！

早知道是這樣，他寧可自己掏錢買一百個洗碗機器人送給他們！這叫個什麼事……

環繞霈統下半身的小球接連發出巨響，每炸掉一顆小球，都會出現接近於原子彈爆炸的小小蘑菇雲，到後來簡直連遮蔽了霈統的小球都看不到了，只見那原子彈樣的煙幕接連升起，讓人不禁聯想到世界末日，幾乎落淚。

在只能眼睜睜的看著眼前發生的一切卻什麼都不能幹的情況下，樓厲凡做了一個重大的決定——從今以後，就算撕爛他的嘴巴，也絕對絕對不能在霈林海的媽媽面前說一句可能惹她生氣的話！不管背後怎麼欺負霈林海，只要在她面前，一定要做出最最最溫柔的樣子！嗯心也要做！

這不能怪樓厲凡欺軟怕硬，一對為了洗碗就能惹出這麼多亂子的夫妻，其剽悍程度不是樓厲凡這種程度能招惹得起的。除非他想死，否則他會堅決選擇比較安全的那條路。一點面子算什麼？想想霈統的結局吧，卸了「下面」可比卸了腦袋的問題更大，她對自己老公都這樣，如果輪到他的話……

難以想像！

不敢想像！

不過話說回來，如果因為這點打擊就死翹翹，那霈統幾百年前就該成白骨了。

果然，不出樓厲凡所料，霈統的確沒有死，甚至沒有受什麼傷，當小球爆炸結束，他從一片漸漸散去的蘑菇雲中露出臉來的時候，又舉起擴音器狂笑起來：「啊哈哈哈哈！魔王陛下果然英明！就知道妳我力量懸殊，送我這套黑金剛魔戰甲真是輕薄結實還送保固！憑妳那點力量還想打死我，怎麼可能！啊哈哈哈哈哈……」

樓厲凡：「……」

在這一瞬間，樓厲凡忽然明白了很多關於霈林海的事，比如他為什麼擁有那麼大的力量，比如他那顆搞不清楚狀況的呆瓜腦子，比如他被人踢踩踹跺也不會發飆的好脾氣是從何處修煉來……等等等等。

簡單來說只有一句話，那就是自上而下的遺傳，以及環境壓迫的影響。

在一個連保住自己妹夫的命都需要依靠黑金剛戰甲而非智慧的魔王手底下工作，的確是一樁相當考驗人的修煉。

仍然是不出所料的，魔女爵暴怒：「老娘今天非打死你不可！」

她說到做到，竟將身邊全部的力量都凝聚成了大片的電氣小球，儘管之前落雷剩下的電荷不太多，但照她加入的爆炸元素來看，就算一點電荷都沒有，也足夠把這裡炸成廢墟。

霈統當然不會真的坐以待斃，他也張開了雙手，身體周圍凝聚起了大量的黑色光球，與魔女爵的電氣小球遙遙相對。

原來……那才是真正的魔氣！

強悍、厚重，帶著簡直能把人壓垮的強烈霸氣！

和霈林海那種半調子能力，或者幼稚園裡用來做恐怖故事伴奏的模擬魔氣完全不同！

樓厲凡有些驚恐，又有些驚訝，而除此之外，他的心中竟摻雜了幾分興奮，連他自己也不知道自己在興奮什麼，只知道體內的血液因為某種東西而加速了湧動，如同即將燒開的熱水一樣，向周圍發出危險的信號。

# 第4章

# 是否還記得定情的那一刻？

——原……原來所謂的「物理」方法……是這個……意思……

霈林海奄奄一息的飄浮在一片黑暗之中，從頭到腳沒有一片完好的地方，全是被指甲抓出來的深刻印痕。

知道的也就罷了，若是被不知道的人看見了，恐怕還以為這是他誤闖女澡堂遭群毆的結果呢。

「怎麼樣？想出辦法來沒有？」天瑾鮮血淋漓的指爪在霈林海眼前晃了晃，「物理方法一直很有效、很有效……不行的話再來幾下？」

霈林海無力抗爭，絕望的看看這個倒楣的異空間最後一眼後，他閉上了眼睛，決定以死相抗——除了這個，很抱歉，他實在想不出還有什麼辦法能讓她相信自己不是專門把她關進來的……要是他想這麼幹，何苦自己也一起進來！他又不是吃撐了！

見他這一副死豬不怕開水燙的模樣——事實上是絕望的表情——天瑾大怒，血淋淋的指爪就徑直伸向了霈林海的頸項……

天瑾的虐殺行為真的非常殘忍，就連身為旱魃的東崇也不得不承認這一點。但因為不瞭解她是不是真的有辦法，所以雲中榭和東崇一直對她的臉、手等部位打著馬賽克，同時在心中為霈林海焚香禱告，以求減輕心理壓力。

不過，袖手旁觀也是有限度的，不可能真的等霈林海死了再說，這會兒發現天瑾基本上已經拋棄了理智，真的打算下殺手，他們登時慌了神，立刻撲過去一人拉一個，把女鬼和小綿羊架開，避免了接下來很有可能發生的血腥悲劇。

「天瑾！天姑娘！冷靜點！」

「放開我！讓我弄死他！讓我弄死他！」

「妳就算弄死他也解決不了問題！」

「我管他那麼多！先洩火再說！」已經陷入半瘋狂狀態的某女。

「我死了，我已經死了，啊哈哈哈哈……我死了……」因打擊過重而精神失常的某男。

「……我說，你見過『異空間幽閉恐懼症』嗎？」

「好像前陣子的《異界論文》上還登了，現在的學名改為『空間袋幽閉恐懼症』……」

「……」

「……」

無言以對的兩名勸架者。

不管怎麼樣，靈能師的精神力鍛鍊還是應該放在很重要的位置上，否則……咳……其實誰也不想看到這種結果……

東明饕餮蹲踞在虛空中，百無聊賴的看著他們那邊演出的大戲，嘴裡使勁打著大呵欠。反正他就是無能，就是沒膽，劍術比不過那個陰沉的女人，嘴也不如她的利，去勸架無異於送死……

自從那次被樓厲凡的美女式神打到半死，緊接著被樓家姐姐們非禮，然後又在聖誕舞會上遭到妖學院校長的追殺之後，他就一直不太敢接近女性——接連三次的精神創傷實在是太大了，他不認為自己的精神會比霈林海的更強硬。

在打了第無數個呵欠之後，東明饕餮忽然感覺到了一種陰冷的氣息。

這股氣息應該已經存在有一段時間了，他之所以剛才完全沒有發現它的存在，是因為它剛開始的時候實在太弱，增幅也實在是太小了，就像從門縫裡漏進來的風一樣，需要集中精力才能感覺得到。在這之前，它的漲幅還沒有超過他的警戒線，但是在剛才那一瞬間，它超過了。

「喂！你們別吵了！我覺得好像有點不妙。」

在四個人的混戰中，天瑾的平底涼鞋衝出重圍，於虛空中劃出一條弧線，「磅」的砸在東明饕餮頭上。

「妙不妙不是你說了算！無能的二級旱魃！」

東明饕餮太陽穴上青筋爆出，「妳這個該死的陰沉女人！就妳那張烏鴉嘴！有人敢要妳才真是見鬼了！」

另一隻鞋子也「磅」的一聲砸中了目標。

「那還真是不好意思！本姑奶奶收過的鬼比你這個無能旱魃見過的都多！」

東明饕餮忍……忍……忍……

忍得住他就不是男人！

「妳再叫我一聲無能看看！」他也向戰團之中猛撲了過去，把自己剛才要說的話忘了個一乾二淨。

「饕餮！這裡已經夠亂的！你就別摻和了行不行！」

「我今天一定要為旱魃討回公道！」

「一級旱魃！你到底是怎麼教育你手下的！……快住手！你身為二級旱魃怎麼能和女人計較！」

「無能旱魃！無能旱魃無能旱魃！」

「你們都看見了！是她挑釁的！女人！過來單挑！」

「天姑娘妳也冷靜點……」

在這片莫名其妙的混亂中，一切問題的源頭——霈林海鬼鬼祟祟的從人群中鑽了出來。

他不是貪生怕死，也不是沒有責任心，實在是事情的發展總不如他所料……當然，他逃出來這一點和以上的問題都沒有關係，他也沒有想逃避，僅僅是……他也感到了那股難以言喻的奇怪力量。

有一點熟悉，好像在哪裡體驗過似的，好像馬上就能叫出它的名字，卻怎麼樣也叫不出口……就是那樣奇怪的力量。

這股力量每增加一點，那奇怪的熟悉感就會加深一點，時間一點一滴過去，「它」的名字就越來越呼之欲出。

然而名字到了嘴邊，就是說不出口，腦子裡不斷閃現抓不住的殘破片段，卻無法停留，怎樣也連不到一起。

唉，要是厲凡在這裡就好了……霈林海心想。

以樓厲凡的能力，要找出那股力量根本不成問題。當然，如果樓厲凡在的話，他也不會被天瑾打成這樣了……不，也許會被樓厲凡本人打成這樣？

——厲凡……

——樓厲凡？

——這力量……

——不，不是厲凡……

——但是……

——有關係……

——那是……

腦子裡忽然閃過大片混亂的訊息，霈林海本來就不太清晰的思路頓時被攪得更找不到頭緒了。

——怎麼回事？怎麼回事怎麼回事怎麼回事……好像有什麼東西在底下蠢蠢欲動，有什麼東西馬上就要破殼而出……

——不能出來……等一下……等一下等一下！現在還不是出來的時候……等一下等一下等一下！

混戰的四個人維持著互相廝打的狀態，動作都停滯在一連串詭異的位置上。不是他們終於冷靜了，而是某種怪異的聲音讓他們不得不停下來。

「喀啦……」

「喀喀啦啦……」

「吱吱吱……」

「吱哇……」

「喀喀喀喀啦……」

而僅僅聲音還不是最可怕的，最可怕的是，一切有形的物體都在扭曲，所有有實體的生物都出現了裂紋。

他們看看對方，又看看自己，發現所有人的身上都出現了類似空間裂的無形裂紋，簡直就像被這奇怪的東西割裂開了一樣。

天瑾的臉整個綠掉了，「是霈林海……是霈林海啊！快阻止他！怎麼還愣在這裡！快點啊！你們這些無能的殭屍和樹妖！」

雖然東崇和東明饕餮很想說自己和那些低能殭屍不同，雖然雲中榭也很想說花鬼這種附著在古樹上的魂魄和妖怪不同，不過他們都清楚，現在跟她解釋什麼都是沒用的。

現在對他們來說的問題是……一個處於空間袋恐懼症發作狀態的女人——即使她是遙感師——說的話是否有可信性？

東明饕餮猶豫的問：「女人，妳不會像東崇一樣把我們往死路上逼吧？」

「磅！」

第三隻鞋子砸中他的臉——這回是男鞋，來自於下半身行動不便的一級旱魃。

「不要說廢話！快一點！」天瑾尖叫。

她的臉漲得通紅，就像一隻被烤熟的蝦。

現在就算她不出聲，他們也要反抗了，因為事情真的很不妙。無形的裂紋像眼睛一樣在他們的身上一個一個睜開，黑洞洞的內裡發散出奇怪的味道。

隨著空間裂的增多，來自於其他空間的吸力從四面八方湧來，在各個方向開始了引力爭奪戰。

霈林海以空間裂開出了這個並非他本人所能控制的空間，或者說，正是因為他的存在，才有了這個空間，一旦他的控制力出問題，這個空間就會出問題，現在不受控制的分段空間裂正在增加，這其中的因果關係已是不言而喻。

東崇和雲中榭互相看了一眼，不約而同的從喉嚨裡擠出一句：「不好！」下一瞬間，兩人已經同時出手。

一股屬於殭屍的黑色氣團猛撲上霈林海的背，將他整個裹在了裡面；泛著幽藍光芒的海荊花張著大嘴衝出，一口吞下了那團黑氣，花瓣隨之扣合、絞扭，將霈林海一起困於其中。

從霈林海被封鎖的那一刻起，他們身上如眼睛一般的空間裂逐漸收縮、收攏，只留下兩指寬的細細縫隙。

只有東明饕餮到現在還沒搞清狀況，拉著東崇的衣服喋喋不休的問：「東崇，你瘋了啊？現在抓霈林海幹什麼？你不會也傳染上那個陰沉女人的病了吧？快住手啊，你的殭屍氣會把霈林海弄死的，快點放開啊，沒聽到嗎？霈林海肯定會被你弄死……啊！」

東崇習慣了，天瑾可沒那麼多耐心，一巴掌就把這個倒楣的障礙物揮到了一邊，「給我安靜！滾遠一點嘮叨去！」

東明饕餮悲憤莫名，卻不敢說什麼，居然乖乖的閉上了嘴。

「怎麼辦？」東崇有些發愁的問道，「以我們的能力，暫時阻止一下還可以，但要和他完全對抗的話，我可沒把握。」

雲中榭陰沉著臉道：「不用太擔心，之前他因為我的強奪大咒式流失了相當一部分的能量，他現在的能量只有以前的三分之二左右。」

東崇嘆氣：「即使只有三分之二……就算只剩下十分之一我也……」霈林海終究不是普通人，他不認為自己這種殘破的身軀還能和他對抗。

「那你說怎麼辦？」

「你會開空間連接嗎？」

「如果我會，你們怎麼可能還留在這裡。」

「……」話是沒錯……

一道聲音插了進來：「還有一個辦法。」

東崇和雲中榭回頭看向身後出聲的人，東明饕餮……那當然是不可能的。

「我是說，還有一個辦法。」天瑾無視他們幾乎凸出來的眼睛，繼續陰沉的說：「其實霈林海的自制力不像你們想像的那麼差，只是他現在正處於不太正常的狀態，我們只要找到讓他變成這樣的原因，就可能讓他恢復正常。」

海荊花瓣忽然張開了一片，內部的黑氣蔓延了出來。雲中榭慌忙補上更大的力量，海荊花瓣不太情願的蠕動了幾下，緩緩合上了。

「快點說！到底是什麼該死的原因！」雲中榭咬牙切齒的說。

按照天瑾剛才那種瘋狂的狀態，現在最少也該跳起來和他罵才對，奇怪的是，她並沒有這麼做，這位同樣處於不正常狀態的女遙感師只是用她變得只有針尖大的瞳孔瞥他一眼，便繼續說道：「你們難道都沒有發現？在這個異空間袋裡有奇怪的能量洩漏。」

東崇和雲中榭對視，兩人都在對方的目光中看到了疑惑。

「……看來是被我影響了。」天瑾冷冷的說，「什麼空間袋幽閉恐懼症！怎麼可能！以我的神經，只有我嚇到別人，沒有別人能夠嚇到我！」

這種事沒什麼好誇耀的吧……雲中榭和東崇沉默無語。

「在空間袋外面的時候我沒有注意到，因為『外部』的『壓制』實在是太強大了。到了這裡以後，大部分的力量被空間袋割開，我才發現我的靈力之所以被抑制，是因為受到了一股強大到我甚至無法感應它存在的巨大力量的干擾。」

「巨大的力量？」東崇喃喃的唸著，他好像快想起什麼來了，又好像在拚命讓自己想不起來。

「是的。我的力量和它不能相容，所以它不喜歡我，一定要將我排斥出去，我體內脈絡的靈力流動速度被它壓得很慢，當然就變得和小學生的級別差不多。為了加快力量的運行，我決定增加血壓……就是這樣。」

原……原來是這樣……並不是什麼空間袋恐懼症，僅僅是為了發狂……不過看得出來，她的力量明顯正在恢復，說明她的辦法的確是有效。

「東崇……」天瑾斜睨著那個殭屍中的王者，臉上帶著奇怪的表情，「你在發抖。」

海荊花的肚子鼓了一下，好像人類在打呵欠一樣，花瓣張開了一條很大的縫隙，黑色的煙氣飄出來，一絲絲消失在空氣中。

雲中榭額上的汗都滴下來了。他的「本體」不在這裡，花鬼也不在，儘管能量儲備很足，可能量再足的電池也有用完的時候，如果再這樣繼續下去的話，他很懷疑自己還能支持多久。

「喂！旱魃！你到底還想不想活著出去！加把力！不要鬆勁啊！」

「不行了……」東崇的臉青青的，簡直就像一個剛成精的低級殭屍，「沒用了……」

「什麼？」

天瑾抱著臂悠然道：「是啊，當然沒用了，因為現在樓厲凡正在外面『呼喚』霈林海，別說你們兩個，就算是把我們的力量都加上，再乘以三，也都只有死路一條。」

東明饕餮的臉色頓時變得和東崇一模一樣，他抱頭慘叫：「啊！難道我們要死在這裡了嗎！東崇你快收手吧！你快逃出去吧！我殿後！再這麼下去你一死掉我也會跟著死的！」

東崇顫抖著收回了釋放靈力的雙手，聲音抖得簡直幾乎就快聽不清楚了：「不、不……你們不知道……事情比你們想像的麻煩得多……不……這不是麻煩，這簡直就是災難……」

「難道還有什麼比霈林海和樓厲凡同時暴走更大的災難嗎！」東明饕餮大聲反問。

「哦，當然有的。」天瑾依然是一副根本無所謂的死樣子，「比如……」

海荊花發出一聲轟天巨響，整個炸裂開來。

四個人頓時被炸得倒飛出去，只見一片黑煙縹緲，伴著火光滾滾，空間袋也發出了喀嚓喀嚓的難聽聲音，一片一片的龜裂，像不合格的油漆刷出來的牆一樣，劈里啪啦的往下掉，露出了他們剛才想極力逃離而被空間袋所遮掩的景象……

※◆◇◆◇◆◇◆※

四人失去了異空間內的浮力，一個接一個的掉到了被砸得千瘡百孔的地面上。

總算踏上地面了！

這的確值得慶幸。

不過……

現在他們倒是寧可再回到那個該死的空間袋裡去，至少那樣就可以不用看到眼前這個可怕的戰況！

東明饕餮接連搧了自己幾十個巴掌，驚恐的問：「我我、我在做夢嗎？我在做夢是吧？東崇？」

東崇沉默不語。

雲中榭閉上眼睛，因為眼前的情景實在慘得令人不忍目睹。

天瑾周身幽怨的陰氣飆升到了最高點。

大廳中四散著風和電的魔氣粒子，巨大的魔力滿滿的充斥著整個空間，似乎再加一點點力量就會爆炸似的。

而在這大廳的最中央，樓厲凡和剛才那個詐死逃走的魔戰士正飄浮在這股魔氣的中心，死死的揪住對方的頭髮，抵著對方的腰部和胸部，一個死命用充滿了魔力的長指甲在對方臉上抓血印子，另一個死命用魔光球在對方腦袋上敲擊，大有「你不放手我就不放手看我們誰能撐到最後」的意思。

那魔戰士已經被抓得血肉模糊，倒是樓厲凡看起來被砸得凶，但連血都沒流，讓人懷疑他會不會是「腦袋內部」受了重傷。

「……他們到底在幹什麼？」天瑾陰沉沉的問——確切的說，她並沒有真的在問。

「流氓打架……？」東崇猜測。

另外幾人的腦海中浮現出兩隻大猩猩ＰＫ的情景……呵呵，有點可怕呢！

「不管是在幹什麼都不重要吧！還不快點去救他！他快死了啊！」東明饕餮大叫，腳下一頓，就要往戰團中間躍去。

東崇一把拉住他，「給我站住！你還真以為他們是流氓打架嗎！那是在搏命！搏命！」

「可是——」

好像在證明他的話似的，兩個魔光球轟然砸在東明饕餮腳邊，他驚叫一聲，下一瞬間已經逃到了東崇身後，抓住他的衣服後襬瑟瑟發抖。

他們並不是受到了攻擊，而是那兩個流氓打架……不，是以命在搏的人，他們周身的魔氣原本一直處於一個微妙的平衡點上，卻不知為何忽然發生了變化，從距離他們最近的地方開始產生了不受他們意志控制的魔光球，在四周疾速飛行，不時砸下來一、兩顆，也不管下面有沒有無辜的看客。

「怎麼辦？」雲中榭看向天瑾。不是他沒用到需要依靠女人的地步，而是在這種時候求助於預言師兼遙感師身分的她才是最好的辦法——前提是，她剛剛因為提高血壓而回復的能力還沒有因為「外部」強大的能量而消散的話。

「我有種感覺……」

「嗯？」

「如果我們不阻止他們打架的話，接下來會發生比這場架更可怕的事……」

「更可怕的？」

「綜上所述，我覺得我們還是……」

「還是？」

「還是逃吧。」

「什麼？！」

似乎像是在回應她的話一樣，整個大廳突然開始強烈的顫抖，原本就不太聽話的魔光球們就像一架架故障的轟炸機般在大廳中狂亂的舞動，稍一不小心就會變成它們的靶子。

他們聽到了轟鳴之聲，剛開始只是在頭頂上方，遠遠的、悶悶的傳來，如同隔了幾層紗布似的。到後來，這聲音越來越大，越來越可怕，已經分不出它的方向，也根本分不出到底是什麼東西在響，簡直就像到世界末日了一樣！

而頭頂那兩個呈流氓狀廝打者的危機還沒有解除，更大的危機出現了……

與此同時，他們感覺到了奇怪的能量波，它巨大而厚重，神聖而不可撼動，一波一波的包圍上來，猙獰的阻礙了他們靈力的輸送，不管他們怎麼努力，它還是一點一點將他們的能量壓到最低，比小學生還低，比嬰兒還低！正如天瑾所說，它正是壓制了他們所有人能量的元凶！

四個人面色蒼白的回頭，看向身後那個幾乎被他們忘得一乾二淨的人——

是霈林海！

他站在距離他們不遠的地方，抬起頭，黑色的眼睛冷冷的看著上方流氓打架的兩個人，他的目光中所流露出的那種不善看得人渾身發冷。

但為什麼是他？剛才在他的空間袋裡分明也感覺到阻礙他們的力量減弱了不是嗎？為什麼會是他？

可現在除了他就再沒有別人了，他的身體周圍，冰冷卻又熾熱的黑色光環如水紋般蕩漾出去，強大而恐怖，無窮無盡。即使如此，他們竟然可以感覺得到這並非他的全部力量，這最多只是他能量的洩漏而已。這麼大的力量，這種近乎無雙的能量級別，讓人就算想為他辯解都找不到理由。

「我覺得……他好像在生氣……」東明饕餮小聲說。

其他幾人無語。這哪裡是生氣，分明已經暴怒了……雖然不明白他到底在暴怒什麼……

「別管他生不生氣，現在……你們聽我說……」東崇抹一把汗，他的衣服已經濕透了，整個人就像從水裡撈起來的一樣。

「你沒事吧？」雲中榭懷疑的問。這個旱魃不會是真的在害怕吧？他以前還從來沒見過哪個吸血鬼或者旱魃流得出這麼多汗呢。

「當然有事了！」東崇努力阻止自己發抖，恨恨的說：「我早就說過讓他們不要這樣不要這樣……」

「你在說什麼？」

東崇抬頭，向著上空高聲怒吼：「你們想死不要老拉著我們這些無辜的人陪葬啊——」

在樓厲凡和那個魔戰士身邊飛行的魔光球們，一個個就好像被什麼擊中了一樣接連炸開，只見空中滿世界的煙霞烈火，如同一場煙火盛事，只可惜不夠環保，直炸得到處黑煙瀰漫，連那兩個打架的人的身影都看不到了。

這是其他人，包括東明饕餮，第一次見識到東崇獅子吼的功力，失去了那麼多力量還能做到這種程度，千把年果然不是白活的。

「東崇！好厲害啊！」東明饕餮激動的說。真不愧是他小時候就一直崇拜的人，就是不一樣！

不過嘛……俗話是怎麼說的來著？

壞事總是不以人的意志為轉移，好事插手就變壞事，壞事插手卻只會變得越來越壞……啊啊，正所謂，好的變壞，壞的更壞……

黑煙逐漸散去，那兩個被熏得烏黑的人在裊裊煙氣中一點點浮現出他們的身影。

「該死的旱魃……不是早說過不要管別人家裡的閒事嗎！」

一道龍捲風和一顆魔光球飛出，在空中劃了一道弧線，精準的砸到東崇的頭上。東崇倒下，東明饕餮抱著腦袋慘嚎。

「你們怎麼不知好歹！他是在勸架知不知道！」東明饕餮含著淚，看也不看就甩出一顆靈力球，正中上方某個人。可惜的是，他正常情況下的力量都不可能對他們產生傷害，更何況現在。

「就是知道才不客氣！」又一顆魔光球砸下。

不巧東明饕餮痛得捂住腦袋，在魔光球即將砸中他的時候身體一弓，魔光球擦過他的頭頂，砸中他身後的雲中榭。

只見黑煙飄過，連雲中榭清澈的靈力波也被染成了漆黑的顏色。

也許是魔氣本身對普通生物就有影響，也許最不能被觸碰的就是這身好不容易才得到的能量，原本一直冷靜到底的雲中榭頓時大怒，忘了自己的能力正受到不明身分的力量壓制，雙手一張，無數植物根鬚從他身上衝出，如同鋪天蓋地的長鞭，劈劈啪啪的抽打在那兩個人身上。

可是他的能量終究被壓得太低，能夠操縱植物就已經是奇蹟了，用它攻擊能得到什麼效果嗎？

答案是顯而易見的。

不過話說回來，就算是被嬰兒掐兩下都痛得很，更何況雲中榭還沒有真的變成嬰兒。魔戰士和「樓厲凡」沒想到居然還有人這麼大膽，在毫無防備之下竟被抽得滿臉紫印，這種結果又怎能令他們不怒！

「黃口小兒也敢這麼大膽冒犯我！去死吧！龍捲風！」

「不要以為我是魔戰士就好欺負了！魔光球！」

「難道我還會怕了你們不成！海荊！」

「我要為我和東崇的腦袋報仇！靈力球！」

「饕餮，你快住手，你不是他們的對手……啊！居然打我！不要以為妳是魔女爵我就怕了妳了！看我殭屍氣！」

「砰砰啪啪砰砰啪啪砰砰啪啪……」

這回真成煙火大會了，天上天下五顏六色，人人身上五彩繽紛，每一個人都在努力爭取自己的權益，幾乎都忘了自己一開始為什麼要來這裡，忘了這攻擊的初始目標到底是什麼。

……只是幾乎而已。

從他們攻擊開始就躲到範圍之外的天瑾不太高興的點了點自己的額頭，好像在考慮應該怎麼阻止這些人才好。

——……樓厲凡，聽見了嗎？

——**聽見了**。

——怎麼樣？

——**很糟糕，魔戰士出現以後她就氣昏頭了，我沒辦法和她交流。**

——那事情原委弄清楚了嗎？

——**嗯。**

——是什麼？

——**洗碗。**

天瑾長久的沉默。

——……你再說一遍。

——**洗碗。吃完飯以後洗碗的那個洗碗。**

天瑾再次長久的沉默。

——……你本來就沒什麼幽默感，不要開這種拙劣的玩笑。

——**我長得像會開玩笑的樣子嗎？**

天瑾仍然是長久的沉默。

——……不太像。

——**是根本一點都不像才對吧！**

——我不跟你玩這種遊戲了，說吧，現在這種情況怎麼辦？

樓厲凡怒火滿腔的沉默。

樓厲凡努力壓下怒火。

——**……霈林海是他們的兒子。**

天瑾無言以對的沉默。

——……樓厲凡，我說過你的幽默感不怎麼樣。

「喀吧。」

「斷線了……」天瑾挑眉，「小心眼的傢伙，被人說兩句就耍脾氣。」

她這話說得很自如，就和以往的任何一次一樣，從來沒有在自己身上找過問題所在。

俗話說智者千慮必有一失，神槍手千彈也必有一滑，玩火者終究會燒到自己的屁股，扔魔光球的也不一定每一顆都扔到家……

在一堆魔光球、靈力球、殭屍氣、海荊鞭、龍捲風之類東西的協同作用下，一顆魔光球在大家絲毫沒有注意到的情況下向一邊斜飛了出去……

「砰！」

正中「霈林海」的臉。

世界忽然安靜下來，所有人幾乎同時停止攻擊，每個人都擺著各種詭異的姿勢，互相偷窺對方的表情，又一起窺向霈林海……多麼可惜，那張臉上滿是黑灰，什麼也看不清楚，只能看到一片鍋底上兩個閃亮的東西——那是被稱為眼睛的玩意——在閃動。

天瑾硬生生扯掉了自己一縷頭髮。

「……完了。」她喃喃道。

那些一波一波洩漏出來的魔氣逐漸減弱，收回到霈林海的體內，表面上看起來似乎是好事，不過對靈能師和魔界的人來說，這種假象可騙不了他們。

災難降臨了——這是所有人腦袋裡一閃而過的預感。

但是他們誰也沒有想過災難會降臨得那麼快，其恐怖又到什麼程度。

他們聽到了上方傳來某種很厚的東西被撕開的聲音，剛才那種震動也同時再次出現，在頭頂上振盪來振盪去，彷彿一隻爪子在撕扯他們頭蓋骨一般的恐怖錯覺糾纏不休。

「那是什麼聲音？」東明饕餮問。

東崇汗出如漿，無暇也無心回答他的話。

雲中榭猜測：「我覺得好像是撕扯的聲音。」

「樓厲凡」和魔戰士兩個人撲通一聲從天空掉下來，灰頭土臉的站到了他們面前，解釋道：「不，不是撕扯，是挖……」

「你們還想幹什麼！」東明饕餮大叫一聲，做出了備戰的姿勢。

「樓厲凡」很嫵媚的甩了他一個白眼，「小朋友，就憑你那點能力老娘還看不到眼裡！收回去！別在這裡搗亂！」

東明饕餮自尊心受到了嚴重傷害，正想拖東崇來替自己討個公道，哪想東崇比他動作還快，哧溜一下就躲到比他高的雲中榭身後去了。

被遺落的東明饕餮悲憤莫名。

然而，東崇不躲還好，這麼一躲，反倒受到了魔女爵的特別關注。

她眯著眼睛看向雲中榭——的身後，好半天才道：「剛才那個躲到後面的非人類，我好像在哪裡見過你哎……」

東崇哪裡敢回答，死死的躲在雲中樹身後，連大氣都不敢出。

幸虧魔女爵很快就放棄了，因為她還有更重要的東西要注意。魔女爵抬頭看著上空，那個被他們打得千瘡百孔、已經看不出原型的大廳天花板正在細微的震動著，劈劈啪啪的往下掉土渣子。

魔女爵嚴肅的說：「我告訴你們啊，你們這回可是惹到了不得了的大人物，恐怕活著回去是不太有指望了……」

魔戰士抹一把臉上的土，甩了甩手，「阿夏拉！妳又推卸責任！要不是妳強迫樓家人解開封印——」

「你住口！」

魔女爵一記迴旋飛踢！魔戰士被打入土層。

一旁的三個男人冷汗直流。

上方掉下來的土渣子變成了土塊，又逐漸變成大塊的石頭。

魔女爵回頭，露出一個溫和而陰險的笑，說道：「前因後果省略，總之你們只需要知道一件事，那就是現在在你們頭頂上幹活的……就是那位大人物本人……」

「我們到底幹了什麼……」

「哦，倒不是『你們』幹了什麼，而是……嗯嗯，一些『不可抗力』。」魔女爵抬頭，用一種好像和自己沒有太大關係的語氣說：「現在不管什麼都沒用了，畢竟他已經……」

一陣驚人的撕裂聲劃過上空，大塊的泥土、石塊「砰磅砰磅」的砸下來，若有個普通人站在這下面，非變成肉醬不可。

靈能師們目瞪口呆的看著天花板一點一點的升起，天花板的周圍，那些亂七八糟的東西乒鈴乓啷的往下掉。

剛才他們把天花板打成蜂窩的行為就已經讓人覺得很可怕了，而現在，他們看到了比把天花板打成蜂窩更可怕的事……

「……已經幹得差不多了。」

整個天花板，包括天花板之上的那些東西，像是甬道、土地、山石……以及整個魔王神邸──之前讓天瑾他們走了不知多久的那些甬道和地下建築群，都變成了完整的一塊，像瓶塞一樣被整個抽了出去。

一瞬間，他們發現自己變成了一群井底之蛙，只能呆愣愣的看著失去了那一塊之後的天頂、以及四面露出來的淒慘土牆。由於距離實在太遠的關係，天空變成了極小極小的一塊，遠遠的在「井口」上露出一張小臉。

一塊陰影擋住了那塊天空，然後有亮白的東西出現，中間有黑色的圓東西轉來轉去，那亮白色閃了閃，亮一會兒，又會忽然滅掉。

井底之蛙們想了許久才發現那是一隻眼睛──僅僅是一隻眼睛。距離這麼遠還能占用那整個「井口」，那它實際該有多大啊！

※◆◇◆◇◆◇◆※

羅天舞和樂遂絕望的撐著那塊大石頭，他們覺得自己也許已經撐了一輩子，天瑾他們肯定已經跑回了人間，把他們忘光光了。

「天舞……我想鬆手了……」

「我也想鬆了……」

「那我們一二三……」

「一二三幹什麼？等死嗎？」

「當然不是，我在想是不是有辦法可以……我說，你覺不覺得石頭好像鬆了？」

「呃，好像的確是鬆了一點的樣子。」

「啊，我覺得它好像在往上滾吶。」

「哦，真的耶。」

石頭慢慢的離開了他們兩個人的肩膀，往樓梯上滾去。包括羅天舞和樂遂兩個人，都一個個滾了上去，剛開始只是慢速的滾、緩緩的滾，到後來速度就越來越快、越來越快、越來越快……

「呀——不是石頭往上滾！是天地顛倒了呀呀呀呀呀——」

石頭、人、煙塵，向來路滾滾而去。

※◆◇◆◇◆◇◆※

「阿夏拉！霈統！你們這兩個該死的到底在幹什麼！」

用洪鐘來形容這聲怒吼都還嫌太小，靈能師們只覺得腦袋裡嗡的一下，立刻紛紛捂住雙耳，能力較低的東明饕餮和天瑾抵擋不了這聲量的攻擊，耳孔之中流下了一絲鮮血。

「叫你起床！」魔女爵理直氣壯的說。

從土裡鑽出來的魔戰士噴出一口煙塵，大叫：「不！魔王陛下！您不能聽她胡說！這一切都是她一個人的主意！她說要打醒您——」

其他人沒有聽見後面的話，當他們聽到「魔王」兩個字的時候就已經被打了當頭一棒，昏了。

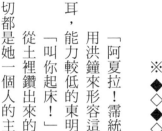

「你……你不是說魔王被你封印了嗎！」雲中榭氣急敗壞的拉出躲在自己身後的東崇，揪住他的領子死命晃，「你明明說把他封印了！」

東崇的樣子看起來更恐懼了——不只是因為雲中榭的怒氣，「那個……我我我我也不知道啊……那個封印應該有三千年的壽命才對啊……」

天瑾陰森森的飄到他們身邊，插話道：「難道說樓厲凡當時失蹤的時候被強迫解開的封印，就是封魔王的那個印？」

東崇抹著他沒完沒了的汗水顫抖道：「不，樓家地基下的那個是封印魔界和人間通道用的，只是防止有誰到魔界搗亂，驚醒魔王……真正的封印是一座山，只要沒人掀開那座山就沒有問題，反正那種山一般也沒人掀得開……」

天瑾沉默了一下，指著「樓厲凡」道：「就是長在他身上那種草的山嗎？」

東崇看看「樓厲凡」，他的衣領上黏了一根長長的草，不知道為什麼經過了這麼多磨難都沒掉。

「啊，對，沒錯，那座山上的植物比較特別，我們第一是為了標記，第二也是因為那山很大，所以……」

他的聲音越來越小，因為他發現，所有人都用一種很恐怖的表情看著他，好像他的臉被畫上了拳擊手的靶子一樣。

「……我說錯什麼了嗎？」他問。

所有人的目光又同時集中在了霈林海的身上。

東崇明白了他們的意思，臉頓時綠了，深綠深綠的，比他手下的那些殭屍們還綠，他這輩子都沒這麼綠過。

霈林海救出樓厲凡的時候，是從一座奇怪的山底下……

山，被掀開了！

是了，當然是封印魔王的山，否則還有什麼地方能那麼徹底的封印樓厲凡和霈林海身上的魔力？

即使從同樣的入口進入魔界，到達的地方也不相同，樓厲凡就是這麼不幸，湊巧被丟到了那個地方，又更湊巧的被霈林海沖光了全身的靈力，害得他全身的魔力根本無法施展。

但幸運的是，他還有御嘉和頻迦。

她們兩個是因樓厲凡的靈力而支持生存的式神，製作的時候以靈力為本，雖然之後樓厲凡的能力基礎發生了變化，可是御嘉和頻迦已經處於成熟的狀態，因而並不在乎他身上是什麼力量，只要能夠輸入到她們的身上，他的任何力量都會變成靈力。只有靈力，在那裡才是被允許使用的。

東崇很想哭。他早就該發現的，在樓厲凡和霈林海說他們從哪裡逃出來的時候……為什麼他沒多問一句！或者多說兩句也成啊！

樓厲凡他們聰明的解開了魔王的封印，他們花了那麼長時間才好不容易製造的封印……完了！

魔女爵和魔戰士互相推諉責任，剛開始還能笑著互相攻擊，到後面就又扭成了一團，比流氓打架還流氓打架，一點形象都沒有。

「都是你的錯！」

「明明就該妳洗碗才對！」

「你這個蠢材不會算術嗎！上個月是三十一天！所以這個月偶數日該你洗碗！」

「所以我不是早就說了買一臺洗碗機！」

「你休想！我就知道你是想擺脫這個家！擺脫包括洗碗在內的一切！你乾脆連我也擺脫掉好了！」

「求之不得！」

「你這該死的老東西——！」

一隻巨大的手伸下來……用食指和中指的指甲尖分別勾住魔女爵和魔戰士的衣服，將他們分別挑開。

「你們兩個到底想怎麼樣！」魔王震怒，聲音震得牆上的石塊啪啦啪啦往下掉，「看看你們！堂堂的魔女爵和魔戰士！為了洗碗的事從人間打到魔界！連我也打醒！你們究竟想怎麼樣！是不是要讓我再失眠兩千年，沒事幹了去挑起人間與魔界的戰爭才好啊！」

魔女爵委屈的叫：「啊——哥哥你聽我說！事情不是那樣子的……」

天瑾看著上空，面無表情道：「……東崇，你老實告訴我，很久以前那場傳說中的人魔之戰，究竟是為了什麼？難道不是為了占領人間？」

東崇沉默了好一會兒，才非常輕的回答了兩個字：「失眠……」

基本上，魔王對占領人間什麼的沒興趣，而且僅僅以領土和人口的比例來說，魔界的人就不會喜歡擴張到人間去——因為太划不來了。之所以會發生那場戰爭，純粹是魔王失眠，漫漫長夜沒得打發，就怒了……

「那失眠的原因呢？」

「……妹妹和妹夫的婚姻問題。」

眾人靜。

「那麼第三個問題，你們是如何打敗並封印他的？」

「哦，這個……」

驀地，一聲驚呼打斷了東崇的回答，靈能師們立刻朝發聲的方向看去。

自從魔王出現就被他們完全忽略的霈林海竟動了起來，表情冷漠、卻毫不遲疑的自全身發出黑色的魔力帶，將「樓厲凡」和魔戰士像捆粽子似的一道一道捆了起來。

「樓厲凡」尖叫：「呀——哥哥你不要抓著誰都控制呀！快放開我！我不要去那裡！我不要！」

「林海林海林海！是爸爸呀！不要啊啊啊啊！你知道你舅舅抓住我們會怎麼樣嗎？等我們回來就不是這樣了！林海你清醒一點！爸爸剛才可是救過你們的！」魔戰士在粽子皮裡扭曲，慘叫。

一瞬間的安靜。

「你剛才說……林海？」魔女爵圓睜雙目問道。

「噫呀呀——我剛才沒說嗎！妳看妳都近視到什麼程度了！這一路從上到下和兒子交手這麼多次，到現在都沒認出來！」

「呀！我就說這孩子聲音怎麼這麼耳熟……海海呀！你可別生氣！媽媽的眼睛真的不太好！上回的靈體眼鏡還是沒配好，我應該再去配一副才對……啊啊啊啊啊啊啊！兒子兒子兒子一切都是媽媽不對、一切都是媽媽不好！你不要再捆了呀！被你舅舅抓回去媽媽就死定了呀！」

「妳不是專門要把魔王陛下弄醒，讓他替妳主持洗碗公道的嗎！」

「不是這麼叫醒、不是這麼叫醒啊！哥哥的起床氣和失眠氣很恐怖的！要不為什麼花那麼多錢讓那個叫東什麼的殭屍會長帶人封印他啊！」

所有人的目光再次射向東崇。

東崇結巴：「我我……我只是收了一點小錢……那時候靈異協會剛剛開辦不到三年，我身為協會會長也需要用錢啊……」

「誰問你這個！」天瑾不耐煩的道，「既然是魔王自願的，你幹嘛還嚇成這樣，連魔女爵都不敢見？」

「因為只要見到她就會被要求解除魔王封印……可是魔王陛下就是怕見到她才強烈要求我們封印的……如果我們不答應的話就發動戰爭……當然我們也的確收了一些費用，不過都是用在合法項目上了……」

「一千年前的事和我無關，我現在想知道，霈林海為什麼會被他控制？」天瑾問。

「因為這裡是魔界吧。」雲中榭代他答道，「在魔界生存的一切魔界生物，都是沒有辦法抵擋魔王命令的。除了魔女爵和魔公爵之外。」

霈林海將魔戰士和「樓厲凡」在魔王的手指上捆得結結實實，拍手，魔王的手指拎著兩個囚犯就慢慢的上去了。

「海海！」

「林海！」

「不要啊！」

「救命啊！」

不管那兩個不負責任的為人父母如何慘叫，下面的霈林海沒有一點反應，冷冷的看著他們，就好像看著兩塊本來就長在那兩根手指上的腫瘤。

「不要叫了！沒人救得了你們！」魔王陛下怒吼，「我這次一定要讓你們記住！打擾我睡覺的下場是什麼！」

天瑾手搭涼棚，觀望著那兩個腫瘤緩緩上升，忽然問道：「他們這一去，得多少時間才回得來？」

東崇回答：「我也不知道，反正多則千年，短也得二、三十年。上次的失眠症已經害得魔王失去了兩千年的睡眠，這回不把他們關上幾百年肯定是消不了氣的。」

天瑾細長的手指搭在眉間，用好像在冷笑的聲音道：「好了，聽見了嗎？直接跟魔女爵這麼說就可以了。」

東明饕餮好奇道：「妳在和誰說話？」

「哦，是一個麻煩製造機……」

被綁的其中一個腫瘤停止了掙扎，過了好一會兒，忽然對下方大叫道：「霈林海！你這個混蛋！白痴！蠢材！別人要抓我你居然就乖乖把我捆上！你的腦袋呢！讓豬吃了嗎！給我清醒一點！霈林海！」

這口氣，不用問，除了樓厲凡不作第二人想。

但可惜的是，霈林海沒有反應。

「刺激不夠深。」天瑾說。

「你這個混蛋到底聽到沒有！」

「需要更深的刺激。」天瑾說。

樓厲凡大叫：「對他還有什麼辦法刺激！給我打！打不死他的！」

「打不過。」天瑾說。

樓厲凡靜默。

許久，天瑾道：「你真要這麼做？要是以前的你，應該是寧死都不幹的才對吧？……好吧，我知道了。」

「他跟妳說了什麼？」雲中榭問。

天瑾的表情肌抽搐了一下，「……你馬上就會知道了。」

眼看樓厲凡就快要升到洞口了，再往上一點，他就得和魔戰士一起與人間說拜拜，等再回來的時候說不定就真的變成魔王家的一分子……

天瑾清了清喉嚨，用好像唸詩一樣的口氣，以她永遠不變的陰森聲音，大聲道：「啊，霈林海，你是否還記得你和樓厲凡定情的那一刻！」

她周圍的人身形一晃，基本上都滑倒了。

霈林海的臉和剛才的天瑾一樣，微微的抽搐了一下。

「啊！霈林海！還記得你對樓厲凡說過的，你愛他，一生不變！」

東明饕餮驚恐的拉著東崇的衣服，「他說過嗎？難道他真的說過嗎？他和樓厲凡真的是那個啥嗎？」

東崇說：「我不知道……」

雲中榭咳了一口血，寧可悶死自己也不想說出「是」字。

「霈林海！你是否還記得！你對樓厲凡說，你會保護他，絕對不會讓他受到一點傷害！可是你現在正在幹什麼！你在傷害他啊！」

霈林海的臉狠狠的抽搐著，看起來簡直就像在發羊癲瘋……

「快想起來吧！你是多麼愛他！快想起來吧！你的誓言！快想起來吧！霈林海！你傷害的那個人是你終生所愛的……」

「那不可能！不要胡說八道————！」

巨大的魔氣夾帶著狂風和電光，同時夾攜著恐怖的殺意，從霈林海的體內噴湧而出，將正處在自殺邊緣的靈能師們緊緊的壓在了牆上。不過，這只是颱風尾而已，霈林海的大部分力量並不在正對著他們的地方，而是衝向了正上方，將包括魔王在內的樓厲凡等三人衝擊了出去。

如同核彈爆炸一般，從魔王神邸下的那口井裡升起了細長的強光，穿透了天空，穿破了雷雲，將積聚在魔王神邸上方的雲層全部打散。

這強光實在是太過明亮，連站得異常之遠的公治和蘇決銘都不得不閉上眼睛，否則視力肯定會被它毀掉。

樓厲凡和魔戰士實在太小，也或者他們並不是霈林海的目標，因而當他們一接觸到那道強光的時候就被彈了出去，並沒有受到太大的傷害。

靈能師們同樣沒有被這股力量正面擊中，所以沒有大問題。

可是，魔王就不一樣了。

第一，他體積實在太大；第二，他一隻手上還舉著魔王神邸；第三，他另一隻手還伸在魔王神邸下的「井」裡，沒能完全抽出來。

所以很自然的，霈林海百分之八十的力量全部打到了魔王陛下的身上，於是這個偉大的、大家連臉都沒有看見的魔王陛下飛了起來，向他剛才的來路直直的飛了回去——比他來的時候快多了。

一聲巨響之後，山體轟然扣下。

封印重新完成。

完美結束。

OVER！

如果一切現在就結束，那就再好不過了。可是這個節骨眼上卻出了一個小小的問題——問題真的很小，小得簡直可以忽略——霈林海的力量收不回來了。

大家都知道，霈林海本人根本沒有控制能力的閥門。上一次的力量暴衝，尚有樓厲凡幫他「走氣」，而這回，樓厲凡被他打出了井口，魔女爵和魔戰士八成暫時都出不來了，那麼其他的人呢？

當然都在牆上被壓著吶！

沒了樓厲凡，還有誰能從那上面下來？

別說幫他走氣，就連保命都有問題。

當發現到這一點的時候，霈林海慌了手腳。他死命想收回自己的力量，卻怎麼也控制不了身體裡奔騰湧動的岩漿。

——完了！

「厲……厲凡！厲凡！救命啊！我收不回來了！厲凡！救命啊！」

而被他寄予希望的樓厲凡呢？

……他和魔戰士都被打中，此刻不知所蹤中……

現在怎麼辦？

啊啊，俗話怎麼說來著？

盡人事，聽天命。

其他人能做的已經做了，接下來……就得看看老天爺還有沒有心思讓這個魔界繼續生存下去。

※◆◇◆◇◆◇◆※

「一定是世界末日一定是世界末日一定是世界末日一定是世界末日……」

蘇決銘和公冶緊緊的靠在一起，近乎精神錯亂的叨叨。

不過這也不能怪他們，這可是這一千年來人類第一次親眼目睹魔王家族的力量，有點失常才是正常的。

現在把視線拉遠一點。

剛才魔王拔出了整個魔王神邸，托在手上。現在魔王被打飛，那麼魔王神邸在哪裡呢？

請把視線調高，與地平線呈九十度。

看見上面那個被氣浪打得翻滾來翻滾去的東西了嗎？

那個就是被拔出來的魔王神邸及其地基。裡面有可憐的人類兩名，在其中的樓梯內做離心運動。

一個黑色的東西從神邸上掉了下來，擦著那明亮的能量帶，一直降落、降落、降落……

它落下了井口，落下了長長的井深，降落、降落、降落……

在這裡要說明的一點是，霈林海的力量並不是以他的身體為圓心放射的，而是透過他的面部、他憤怒大吼的口或丹田等等，自他的身體前方，向上形成的能量帶。因此，他並不在能量帶中間，而是在能量帶周邊。

也因此，當那個黑色的東西——那塊羅天舞和樂遂一直拚命推著的石頭降落下來的時候，才能無比精準的……砸到老天爺讓它砸下的目標。

「啪嘰！」

能量帶以比產生時還快的速度斷裂，消失在魔界的天空下。

那塊石頭端端正正的立在地上，而霈林海，大半個人都在它下面。

已近垂死的靈能師們一個個從牆上掉落下來，趴在地上，昏了過去。

被打得在天上轉圈的魔王神邸在空中劃了第無數個圈之後，轟的一聲，又插回了它原本的位置上——僅僅前後的方向有點反了。

真是再完美不過的結局啊！

魔界恢復了寧靜，可喜可賀、可喜可賀！

# 尾1聲

# 夢裡夢外，還是在一起

樓厲凡做了一個夢，夢見自己和霈林海結了婚，每天為洗碗的事又吵又鬧，甚至大打出手，卻不想買洗碗機解決問題。

某一天，他實在受不了了，就跑到拜特學院要求他們解開姐姐們的封印，好讓她們為他們的事評理。

變態校長很痛快的答應了，可是帕烏麗娜副校長不同意，說什麼也不准變態校長告訴他們解封的方法。霈林海站在帕烏麗娜那邊，振振有辭的指責樓厲凡不對。

樓厲凡大怒，「你站在她那一邊，是不是想搞外遇啊！」

霈林海驚怒的回應：「誰……誰說的！你和變態校長一個鼻孔出氣，你們才是想搞外遇吧！」

帕烏麗娜也怒了，「好啊！該死的拜特！原來你和樓厲凡是這種關係！」

變態校長茫然，「啊，我們是這種關係？什麼關係？我們是什麼關係？呀呀呀呀！等一下小帕小帕小帕我沒有外遇真的真的真的……」

於是兩對夫妻，莫名其妙的就因為不存在的外遇問題發生了肢體上的衝突，之後衝突升級，再之後樓厲凡一怒之下就脅持了溏心……

夢外——

樓厲凡在睡夢中起了一身又一身的雞皮疙瘩，冷汗也濕了一床又一床。

「校醫啊，他怎麼樣？」

「都送到我手裡了，你說他能怎麼樣？」

「說得也是……樓希雷！你這個該死的！一切都是你不對！要不是你外遇，怎麼會發生這麼多問題！」

「唔！唔唔唔唔唔唔唔……！」

「你還敢狡辯！等兒子醒來，我非弄死你不可！」

「唔唔唔唔唔！」

猶不知死活的夫妻，這裡還有一對……附帶木乃伊一名。

東崇斜靠在病床上，望著窗外成蔭的綠樹，滿足的嘆了一口氣。沒有戰爭的世界真是太幸福了，這簡直就是上天的恩賜啊……

他隔壁病床的東明饕餮嘴裡打著大呵欠，從外面一搖一晃的走了進來。

「喂喂……我說你啊，雖然在住院，不過至少也保持一、兩天的清醒吧。」東崇皺眉，這孩子簡直一點進步都沒有，小時候是這樣，現在還這樣……

「哦，有什麼關係，反正又沒什麼事發生……」東明饕餮滿不在乎的說著，一頭倒在床上，準備繼續和周公下棋。

東崇氣得直搖頭，「看你這樣，我還真希望再發生一點事……」

門，輕輕的開了一條縫隙，一隻圓溜溜的眼睛從門縫裡含情脈脈的看著東崇。

東崇抖了一下——本能的。

下一刻，山貓已經猛撲進校醫室內，惡狠狠的壓上了他的肚子，「東崇！東崇！你是不是又被那個死小孩連累了！東崇！」

一絲悠悠的氣體從東崇的口中升起、升起、升起……啪嘰，斷掉。

前言收回！

東明饕餮瞬間清醒過來，但在看到山貓女的那一刻，他希望自己根本沒有醒過，或者現在就有一根棒子能把自己敲昏過去。

他悄悄蹭下床，往門口爬、爬、爬……

一隻強壯的貓爪悄無聲息的佇立在他面前。

山貓居高臨下的獰笑，「我終於……找到你了！」

牙齒寒光一閃，雪白的利齒威力無窮。

「東崇……東崇救命呀——」東明饕餮的手腳忽然變得非常俐落，一個箭步衝上窗臺，光著腳板跳了下去，「來人吶！救命啊！有豹子吃人啦！」

「你死都逃不掉的！」山貓矯健的隨後追了出去。

校醫推門進來，摸了摸東崇的脈搏，自語：「奇怪，他本來不是都快好了？怎麼又變成這樣了？」

霈林海也在做夢，不過完全沒有夢到樓厲凡，他夢到的是自己，還有自己的家，比如父母經常吵架，或者打架打得連家也一起毀掉的事……

但是這些他都忘了。

怎麼會忘了呢？大概是什麼封印吧，也或許是什麼催眠，就為了讓他相信自己是一個普通的人類，從來不會什麼靈能力或者魔力之類的東西……

「海海呀……」在夢裡，媽媽哭著說：「我告訴你，媽媽和爸爸好幾千年毀掉的東西都沒你這一年毀掉的多！你要是再這麼下去，爸爸媽媽肯定會變成魔族裡第一個在人間破產的家庭呀……所以別怪媽媽，你要是能夠控制住自己的力量，鬼才願意費這麼大勁封印自己的兒子吶……」

「不過……」媽媽話鋒一轉，竟雀躍起來，「兒子啊！你找的媳婦兒真是不錯啊！又有本事，又能控制你的力量！而且他真的很喜歡你！連夢裡都是你吶！雖然性別有點問題，不過這個不算什麼！再過一萬年你就能自由挑選性別了！到時候再和他舉行婚禮也不遲嘛！哈哈哈哈哈……」

夢外——

「……老婆，妳不覺得兒子正在做噩夢嗎？」

「什麼？難道不是美夢嗎？」

「……」

校醫排開眾人，走到樓厲凡和霈林海兩張床的中間，一手握一個人的脈搏，更加困惑的皺起了眉頭，「奇怪啊，做美夢不是應該好得更快嗎？怎麼他們的內傷好像更嚴重了？」

「……」

「……」

天瑾一直站在門口看著人山人海的校醫室，當聽明白校醫說的話後，她冷冷的笑了笑。

「讓你們逼我說那種噁心的臺詞，活該去死！」她狠狠的說。然後轉頭，望向窗外。

滿樹海荊花蕾，生機勃勃的散發著淡色的光芒。

花鬼站在海荊樹前，單手輕輕撫摸樹身。那溫柔的手指和表情，幾乎讓人錯覺他是在撫摸自己的孩子。

「這次沒有幫到你，真是抱歉啊……」

——真是抱歉……

——所以，快醒來吧。

——然後讓這滿樹的海荊花蕾一夜綻放。

——這是你的身體，你一定會讓它……開得十分漂亮。

——雲中榭。

# 尾②聲

# 一條多餘的變態的尾巴

這裡是變態雲集的拜特靈異學院，再過兩個月，就會迎來新的學員。

這座和其他學校看起來沒有什麼不同的學院，有著普通的校門、普通的教學樓、普通的宿舍、普通的老師、普通的學生……

但它和所有的學校都不同。

因為所有學校的變態都沒這裡多。

想到這裡來學習嗎？

想感受一下掉個隕石都能砸死一堆變態的魅力世界嗎？

這裡是變態的世界，這裡是變態的學院，有著不普通的校門、不普通的教學樓、不普通的宿舍、不普通的老師、不普通的學生……

一切都充滿了那樣驚人的吸引力。

我是變態學院的校長拜特，九月開學的那一天，我會和所有的教師、學生、妖怪、鬼魂一起，真誠歡迎您的到來！

哦耶！（V字手勢）

※◆◇◆◇◆◇◆※

「是誰……到底是誰讓他拍這種廣告的！」

「這個……他說他要自拍，我還以為他要拍AV小電影……」

「他拍的ＡＶ會有人看才見鬼了！快點聯繫ＫＣＴＶ！馬上把這個丟人現眼的廣告給我撤下來！」

「可是我聽說全世界的媒體都收到這部廣告了……」

「那就聯繫全世界的媒體！現在！馬上！快一點！拜特——你躲到哪裡都沒用！我一定要抓住你，剝掉你的皮！撕掉你的肉！啃了你的骨頭！你這個該死的變態！給我出來——」

教學樓第一百四十七樓的樓頂——

一隻蝙蝠躺在沙灘椅上，敞著肚皮高高興興的曬太陽。

《變態靈異學院04新任魔王與他的小夥伴妻子》完

# 番外1

# 我們的阿拉丁神燈

## 【一、樓厲凡和霈林海】

「這就是阿拉丁的神燈？傳說中的那個？」樓厲凡用一根手指托著一個形狀奇怪的壺，在指尖上轉啊轉啊，「怎麼看都是壺嘛。」

霈林海冷汗都下來了，慌忙從他手裡把壺搶救出來。

「那時候的燈就做得跟壺一樣啊……這個不是這麼玩的……厲凡你快給我！如果是真品的話就麻煩了！賣了我們也賠不起啊！」

「喂……不是告訴你了，這裡全都是學生們為了仿造課的考試而做的贗品嗎？」

倉庫裡，樓厲凡坐在堆積成山的各種稀奇物體上，光是他屁股下面的物品就有——拳頭大小的珍珠十幾顆、指頭大小會動的人偶一堆、看起來至少存在了幾千年的青銅鼎兩個，以及叫不上名字的泥塑怪物無數……

霈林海嘆氣，「可是那個變態校長不是說了，他不小心把真品掉到贗品堆裡來了嗎？」

「你認為……那個變態說的會是真的嗎？」樓厲凡對這個受了無數次騙、遭過無數次戲弄卻仍然會義無反顧上當的朋友已經快無言以對了，「他比較有可能幹的就是在我們灰頭土臉找了一天一夜之後再告訴我們『哇哈哈哈我好像記錯了其實根本就沒有掉進去而是我把它放在了我懷裡』……」

霈林海沉默。這倒是非常有可能。

「所以……」樓厲凡打了個呵欠，舒展身體準備在那堆奇怪的東西上躺下，「我們不如就在這裡睡一、兩個小時，等明天告訴他找不到吧，反正我們別的實習課分數還不錯，這一門不過也無所謂。」

霈林海看了看手中的「壺」，自言自語：「可那畢竟是珍品吧，萬一確實是真的……」嘴裡說著，手上就忍不住用指尖打了點火上去，壺嘴「沙」的一聲著了起來，跳出小小的紅藍色火苗。

「如果是真的，那可真不錯啊，什麼願望都能實現……」樓厲凡也同樣自言自語般的說著，脊背眼看就要挨到那堆東西上……

「厲……厲厲厲……厲凡……」顫抖的聲音。

「幹嘛？」

「那那那那那……」

樓厲凡睜開眼睛……下一瞬間就從那堆東西上彈跳了起來。

壺裡像燒開了滾水一樣，從壺蓋和壺體的縫隙中不斷湧出白色蒸騰的煙霧，煙霧出來之後並沒有隨即散去，而是在半空中一定的範圍內互相凝集、纏繞，逐漸變成一個近似於人臉的東西，人臉上的五官正在慢慢的清晰，不過已經可以看得出應該是個帶鬍子的男人面孔。

「汝等有何願望？吾乃阿拉丁神燈燈神，可滿足汝任何願望。」

霈林海驚喜萬分，「厲凡！你看！果然是真品！贋品怎麼會有燈神……」

樓厲凡看了他一眼。霈林海覺得他那一眼裡好像飽含著惡毒的詛咒與嘲笑似的，後面更加激動的話只好悄悄嚥回肚子裡。

樓厲凡皮笑肉不笑的接近那個煙霧人臉的燈神，「啊，聽說你是燈神？」

煙霧人臉上好像滴下了一滴冷汗，「是……是的……」

「聽說你什麼願望都能實現啊？」

「沒……沒錯……」

「不管什麼願望？」

「的……的確……」

樓厲凡盯著它，綻開一個如花——食人花——的笑容，「那我想要毀滅這個世界，你幹不幹啊？」

煙霧人臉的下巴掉了下來，「啊？毀滅……可是世界的主宰是阿拉真神，毀滅了世界的話我會被真神懲罰……」

「什麼見鬼的阿拉真神……其實你根本就是幹不了對不對？」樓厲凡臉一變，撲上去就把煙霧人臉按倒在地上猛踩，「我就知道你是那個變態找回來的贗品！好啊！不僅燈可以做贗品，連燈神都贗品了！你以為你能騙得過我們嗎！蠢材！居然敢自稱阿拉丁神燈！你以為你是童話裡的那個燈神嗎！連說謊都不會！一開口就漏洞百出！最討厭你們這種白痴騙子！幹什麼事一點技術都沒有！給我下地獄去修煉個一千年再來！不要在這裡丟人現眼侮辱燈神的名號！」

可憐的煙霧人臉打滾慘嚎中。

霈林海連忙從後面死死架住樓厲凡，「厲凡不要啊！它也是無辜的！肯定只是被那個變態騙來幹活而已！」

可憐的煙霧人臉淚如噴泉，「我是真的啊……」

樓厲凡又一腳踹中它巨大的眼珠，「居然還敢冥頑不靈！想死的話早點告訴我！我絕對給你一個痛快的死法！說！是不是那個變態把你裝到這個贗品裡來耍我們玩的！」

煙霧人臉被正正的踹中眼珠子，痛得渾身發抖，「我真的不是……我自稱阿拉丁神燈是因為現在有很多人都不太看童話，我必須提醒……」

「一派胡言！」樓厲凡飛踢，又踹中另外一隻眼珠。

煙霧人臉在地上打滾。

霈林海抓住樓厲凡的兩隻手，努力將他拖離可憐的煙霧人臉身邊。

煙霧人臉嚎啕大哭，滿地都是淚水，「為什麼老是沒人相信我！現代人的信仰都到哪裡去了——」

「因為你本來就是假的！」

樓厲凡再次飛起一腳，可憐的煙霧人臉終於被踹散，一路滴著水鑽回壺——不，燈裡。

「厲凡……」霈林海小心的說：「可是你不覺得他的確好像是真的……怎麼看都不像贗品的樣子嗎？」

樓厲凡嗤之以鼻，「那你太不瞭解那個變態校長了，雖然把事情搞砸是他的專項，不過他造假的能力還是一流的。你若真相信他，不如先把你自己賣了比較安全點！好了，走吧，再待下去也不過是替那個變態找樂子而已！」

霈林海還想再說點什麼，但樓厲凡明顯不想再提，他只好閉上嘴，眼角瞥了那被丟在地上、早已不再燃燒的神燈一眼，跟在樓厲凡後方離開。

燈神縮在自己的壺裡流淚，「現在的小孩啊……」

變態校長坐在監視螢幕前美滋滋的喝著茶，「哦哦，多可愛的學生們啊，這麼相信我的能力。如果我真的有就好了……滅哈哈哈！」

※◆◇◆◇◆◇◆※

## 【二、東崇和東明饕餮】

「汝等有何願望？吾乃阿拉丁神燈燈神，可滿足汝任何願……」

「東崇！東崇東崇東崇！」東明饕餮興奮萬分的號叫打斷了燈神的自我介紹，「你看你看！這個贗品真的像真的一樣！」

燈神垂淚，「怎麼又是這樣……」

東崇正低頭看書，聽到東明饕餮的叫聲，勉勉強強的抬起頭來，甩了燈神一眼。

「啊，的確好像真的一樣。」

燈神繼續垂淚，「不是好像……」

「它還會說話！」東明饕餮萬分激動，「東崇你聽啊！我頭一次聽到贗品說話啊！」

「是啊是啊。」東崇依然沉迷書中，「那個奇怪的校長這點能力還是有的……」

燈神已經快絕望了，「你們聽我說呀，我真的是……」

「哇啊——它居然有自我意識！」東明饕餮越發激動了，跳到東崇身邊一把抽走了他的書，「你看你看！這個贗品居然會辯解！它有自我意識啊！」

東崇眼睜睜的看著他把自己一萬多頁的書毫不在意的合住，而書籤還在自己手裡，忍不住嘆氣，「饕餮……我們這次是來找神女的指甲真品的……你能不能不要總對著這些贗品激動好不好……」

被遺忘的燈神，「我真的不是贗……」

東明饕餮看一眼堆得跟山一樣高的各種奇怪東西，又看看手裡沉得要死的巨厚書本，聲音中飽含了一點悲憤的意味，「可是你都不幫我找！光一個人在這裡看書！多大年紀了，居然還愛看這種東西！你以為這個時代還會有童話存在嗎！」

他費力的把那本書舉到東崇面前，那本書的封面上用燙金的幾個大字寫著「世界千年童話大全」。書的左上角還寫著幾個小字：無授權贗品，考試專用，不得帶出考場。

東崇轉頭看向另一邊，「這個嘛……就是因為沒有，所以才珍貴……不趁這個機會看就沒有了……」

東明饕餮氣得渾身發抖，「如……如……如果有真正的神燈，看我不讓你天天走路摔跤出門踩狗屎放屁都砸腳後跟！」

東崇笑了笑，像摸幼兒一樣在東明饕餮的頭上拍來拍去，「好好好，我知道你是個認真的小孩。若是真有神燈，我會求它先治好你的殭屍恐懼症，我的殭屍已經在外面淋過好幾場雨，再這麼下去它們必然得生鏽……」

東明饕餮大怒，「你還在想那些破玩意！我告訴你！你不會得逞的！只要它們再敢踏入宿舍半步，我就再離家出走！離家出走！」

東崇很嚴肅的點頭，「嗯，我知道、我知道，下次再出走到樓厲凡房間時，跟霈林海問一聲，我借他的書都看完沒。」

東明饕餮暴跳如雷，「東崇！」

「什麼事？」

「你實在讓人忍無可忍！」

東明饕餮刷刷刷幾腿踢上，東崇輕盈的身體飄退幾步，東明饕餮的腳次次都擦著他的衣服掠過，卻連一點灰塵都沒能留在他身上。

「饕餮，你要學會講道理，不要老動手動腳的。」

「少廢話！我今天非得打到你不可！」

「劈里啪啦劈里啪啦……」

被遺忘了很久的燈神一路落著淚鑽回自己的壺裡，「嗚嗚嗚……這世界上難道已經沒有人相信童話了嗎……」

變態校長高高興興的喝茶，「童話啊……哼哼哼哼……不存在的才叫童話吶……不過本校長例外，本校長是偉大的童話般的存在……」

※◆◇◆◇◆◇◆※

【三、天瑾】

「汝等有何願望？吾乃阿拉丁神燈燈神，可滿足汝任何願望……」

「任何願望？」天瑾陰森森的接近。

燈神的煙霧臉剎那間變得青灰，僵硬的點點頭。

我我我……我沒有走錯嗎？這裡還是人世間嗎？不是地獄？可憐的燈神如此想。

「那很好……」天瑾微微一笑……非常恐怖的微笑，如果燈神有毛，現在肯定已經全炸開了。

天瑾伸出一隻冰冷的手指，劃過燈神的額頭、鼻梁，然後一路滑到它的眼珠子上，「我要我的預感率達到百分之百。」

燈神無語。許久後，「小姐，您的預感率已經比我還高了……我實在不知道還有什麼辦法能幫您加……」

「那好吧。」天瑾爽快的說，接著又道：「那我要和上帝結婚。這樣我一樣能達到百分之百的預感率。」

剛想呼一口氣的燈神一股氣憋到了嗓子眼裡，「上……上……上上上……」

「不行嗎？」室溫剎那間降低了十度。

「可可可……」燈神快哭出來了，「上帝又不歸我們管……我們的真神是阿拉……」

「哦，那就算了。」天瑾的回答倒也乾脆。

燈神剛吁了一口氣……

「那我要和你們阿拉結婚。」

煙霧人臉的燈神倒在地上……正確的說應該是哭倒在地上，「真主啊——為什麼我這麼命苦！小姐，您又不是不知道！阿拉真神是我的上司啊……」

「你不是無所不能的神燈？」

「可是我也有上司……」

「那你能幹什麼？」

燈神用一股煙霧替自己抹了抹眼淚，「比如幫您找個如意郎君，比如讓您所有考試都能及格……」

天瑾盯著燈神。

燈神冷汗。

天瑾仍然盯著燈神。

燈神繼續冷汗。

天瑾還是盯著燈神……

燈神哧溜一下鑽回了神燈裡，「媽媽！有女人視姦我——」

天瑾撇嘴，起身離去，「切！分明就是個假的！虧我還費這麼多功夫進來找……預感又不準！真是！」

變態校長坐在監視螢幕前喀嚓喀嚓吃洋芋片，「哦哦，不愧是天瑾同學……一點ＥＱ都沒有。話說回來，好像最近的學生ＥＱ都降到了歷史最低點吶。」

那都是因為你的存在！——天音如是言。

※◆◇◆◇◆◇◆※

**【四、羅天舞、蘇泱銘、樂遂、公治】**

「我們是害蟲，我們是害蟲……」四人組一邊唱、一邊在堆積成山的贗品上翻找。

「正義的來福靈……哎喲！」羅天舞好像踩到了什麼東西，腳下喀吧一聲，差點把他腳踝扭歪，他大叫一聲跌坐在一邊，「什麼東西硌我！」

公治從他剛才踩到的地方撿起了一個壺……狀物。之所以這麼說，是因為它生前似乎是壺，現在嘛……肚子已經被踩得扁扁的，基本上和廢鐵沒什麼區別。

「這好像是圖鑑裡的神燈嘛。」公治自言自語。

樂遂也伸過腦袋來看，「的確像，不過踩得實在扁了點，都快看不出來了。」

「要復原嗎？」

「反正是贗品，管他的。」

壺中：「……」

「啊！」忽然間，把自己埋在一堆贗品裡的蘇決銘一聲大吼。

另外三人頓時緊張起來，「怎麼了怎麼了怎麼了！決銘你受傷了嗎！」

蘇決銘舉起了一本厚厚的小說——比《世界千年童話大全》更厚——熱淚盈眶道：「看吶！我找到了什麼！《世界色情小說精華特典》！」

另外三人默。隨即三人甩開自己手裡的東西猛撲上去……

「啊啊啊啊啊！不要搶不要搶！我們一起看……不要踩我！好痛——救命啊——」

再次被遺忘的神燈裡：「來人吶……有沒有人吶……擠這麼扁我出不去吶……為什麼沒人回答……」

監視螢幕前，變態校長的座位上空空如也。

某校長坐在馬桶上，「啊……這世間最美好的事……」

番外一《我們的阿拉丁神燈》完

# 番外2 與魔女聯歡

「你剛才說什麼？你再說一遍！」

霈林海嚇了一跳，看著突然從床上猛跳起來的樓厲凡，他不明白自己剛才哪句話又說錯了，「啊？我剛才說……啊，對了，我剛才在外面，聽別人說今晚好像有個大聯歡活動。奇怪，為什麼至今連一點正式的消息都沒有聽到？大家都只是在聽說、聽說的……」

樓厲凡顫抖的手指指向他，「不……我不是在問那個……我問你……和誰聯歡？」

霈林海奇怪的看著他，「是美杜莎魔女學校啊，很有名的那個魔女專修學校。」

樓厲凡整個人——包括頭髮、臉色、嘴唇、指甲——統統都變白了。

「美……美……美……美……」

霈林海茫然，「美？你是想說美杜莎學校嗎？它怎麼了？」

樓厲凡顫抖著爬下床，書被他無意中撥到地上也不理會，「我……我今天很不舒服……我要請假，我要回家……你幫我請假……」

看著他的樣子，霈林海非常憂慮的上前扶住他，「你真的很不舒服嗎？這怎麼能回家？不如我送你去校醫那裡……」

樓厲凡一把推開他，指著他的臉厲聲道：「霈林海！」

霈林海本能的縮小了一圈——被欺負者可悲的慣性。

「我告訴你！」樓厲凡繼續厲聲道：「從現在開始，你根本沒見過我也沒聽說過我更不認識我！任何人問起都不准洩漏我的行蹤！否則——你知道我的手段！我絕對讓你求生不得求死不能！」

可憐的霈林海越加茫然，「這……有必要嗎？到底怎麼回事？我說厲凡……」

樓厲凡說完話就立刻開始準備逃走事宜，根本沒在聽霈林海說什麼。

霈林海不死心的追在他身後，「厲凡啊，究竟發生了什麼事？是那些魔女的問題嗎？你認識嗎？是不是真的這麼恐怖？不如我也和你一起逃走吧……」

樓厲凡動作迅速的裝了一麻袋的印咒和聖器，回頭，對霈林海微微一笑，然後……一拳砸上他的肚子！

霈林海連吭都沒吭一聲就昏倒了。

樓厲凡將他隨手丟在一邊，拍了拍手上的灰。

「非常抱歉。」他遺憾的說，「雖然我們室友一場，就這麼丟下你實在有點不好意思，不過……嗯，我還是覺得帶著一個大型垃圾袋有點暴露目標，所以委屈你了。」

說完這番其實根本沒有抱歉意味的話，他揚長而去，丟下霈林海一個人昏迷不醒。

下午四點左右，霈林海終於恢復了意識。

「他幹嘛要對我下這種指示呢？」他難以理解的揉著肚子，「難道他認識那些魔女？或者那些魔女曾經對他幹過……『什麼』？」

很明顯，如果樓厲凡知道他現在在想什麼，一頓皮肉之苦是肯定逃不掉的。幸虧樓厲凡不知道，甚至人也不在這裡。

※◆◇◆◇◆◇◆※

下午五點左右，霈林海決定出門去轉轉，也許可以為聯歡活動之前的準備工作幫點忙。

校園裡仍然和平時一樣，並沒有出現大片的恐慌，也沒有誰要逃走的跡象。廣場上二年級的學生們正在布置聯歡會場，一年級的部分學生正在準備巨大的篝火，式神們匆忙的飛來飛去，從各個地方撿來木柴備用。

沒有被挑選去準備會場的學生們三三兩兩的在周邊觀看，一邊唧唧呱呱的討論美杜莎魔女專修學校的響亮名聲。

雖然霈林海從以前就知道美杜莎學校，不過都是從書上或者各類媒體上看來的，只知道它有顯赫的聲名、古老的校史和優異的大魔女的產出率，但詳細的就一概不知了。直到今天，在大家的討論聲中他才逐漸明白真相——真正讓拜特的學生們感興趣與激動的，其實和聲名、校史、大魔女一概沒有關係，而是美杜莎的魔女們！

請聽證詞。

「美杜莎的美女們……」嘩啦啦啦……這不是小河，是口水。

「聽說美杜莎們都很熱情奔放……」嘩啦啦啦……依然不是小河，是口水。

「一位三年級學長說他被美杜莎抱過一次咧！那柔軟……嘿嘿嘿嘿……」淫笑。

「聽說另一位學長曾和魔女共騎……」

「還有一位學長和美杜莎們共度一個星期……」

「我也聽說……」

「哎哎我也是……」

「我也……」

「羨慕啊——！」狼嚎。

霈林海皺眉。

那些同學說話的內容……為什麼老讓他有種非常非常不好的預感……

不過霈林海是那種只有真正發現自己死到臨頭才會逃走的人，預感什麼的，反正百分之九十五都不準，那準的百分之五也大部分被他忽略了。所以他根本沒有要逃的想法，而是繼續遊蕩，看看有沒有自己可以幫忙的地方。

下午五點半，繼續遊蕩的霈林海發現天瑾揹了個小包包急匆匆的往學校門口跑……或者說，飄。

「天瑾。」

他向她打招呼。

天瑾回頭看他一眼，然後跑……飄走的速度更快了。

霈林海大惑不解。

——她怎麼了？難道今晚的聯歡活動真的有問題？

他回頭看著布置會場的一、二年級學生，大家都很高興的樣子，好像也沒人像樓厲凡和天瑾一樣逃跑啊……

——……不對！

——等一下！

霈林海這才發現了一個一直被他忽略掉的重要訊息——一、二年級！只有一、二年級！不管是布置會場還是圍觀的人，只有一、二年級！像這種大型聯歡活動難道不是全年級都要參加的嗎？三、四年級呢？他們都到哪裡去了？

霈林海蹲下，張開右手手掌，一隻肥貓拉著長長的無形絲線從他的掌心跳了出來。他的呼喚好像打擾了牠的睡眠，牠瞇著眼睛哼哼著，顯得非常生氣。

霈林海陪笑，「乖，幫忙去看看三、四年級的宿舍樓裡現在是什麼情況。回來會給你好東西吃。」

肥貓不太情願的跑走了。

一會兒，肥貓一扭一扭的又扭了回來，嘴裡叼著不知從哪裡弄來的小鯽魚。霈林海摸摸牠的頭，眼前閃過空空如也的三、四年級宿舍樓影像，忍不住嘆了口氣：「就算是人家宿舍樓裡一個人都沒有，你也不能隨便就偷人家午飯啊……」

他腦袋裡靈光一閃。

午飯？對了，今天的午飯就是鯽魚湯！既然是被牠這麼完整的叼回來，說明他們連午飯都來不及吃，就已經逃走了！

那麼，是什麼讓他們害怕成這個樣子？

——難道說……

霈林海想起了樓厲凡，又想起了天瑾，心裡涼得好像塞滿了冰塊……

天，漸漸的黑了。

遙遠灰藍的天空中，有明亮的星星一閃……不，是一群星星，一閃一閃的接近他們。

肥貓叼著魚死不鬆口，霈林海沒辦法這麼把牠收回去，只好抱起牠肥重的身體，在大家都沒有注意到的情況下悄悄往學校門口——剛才天瑾逃走的方向——挪動……

一簇閃亮的火苗從那群星星中劃著完美的弧形落下，落入那堆高高的篝火堆上，木柴轟的一下燃燒起來，火焰竄得又高又亮。

學生們為即將到來的美女姐姐們歡呼起來。

不祥的預感越來越強烈，霈林海忍不住抱起肥貓邁開步伐就跑，卻沒想到那沒用的笨貓被火光和歡呼的聲浪嚇了一跳，嘴裡的魚掉到了地上。這下牠可不幹了，在他身上又是亂抓又是亂撓，拚死也要去找回牠的晚飯不可。霈林海抵擋不住，只好帶著牠又跑回去叼魚，再往學校門口跑。

須臾之間，形勢已變。

唯一可以逃生的學校大門正緩緩的自動關閉，只見一個全身上下都包裹在黑布裡的變態正在「嗷吼吼吼吼」的狂笑。

「我的優秀的學生們啊！去吧！去占魔女們的便宜吧！和她們一決雌雄吧！和她們拚命吧！多難得啊！兩年一次的搶劫和被搶劫啊！大家千萬要贏！輸了可是要被抓去做魔力化肥

的呀！呀哈哈哈哈……嗷吼吼吼吼……」

「……」霈林海終於知道自己的不祥預感從哪裡來了。

可惜，晚了。

他只能眼睜睜的看著大門合上了僅剩的最後一條縫隙，心裡一酸，差點掉下淚來。蒼天吶……難道他今天就要死在這裡……

不知道蒼天是忙不過來還是怎麼著，反正他沒得到任何回應，只知道那遠處閃亮的東西越來越近，越來越近……

身穿黑袍法衣的魔女們騎在她們傳統的飛行器具——掃把上，每支掃把的頂端都安裝著《飛行法典》上強制規定的信號燈，而這也正是那一閃一閃亮晶晶的來源。

漸漸接近了，魔女們的速度卻沒有減低，反而更加快了速度猛撲下來。

剛才還在為美女姐姐們歡呼的學生們傻傻的看著天空，一個個張著嘴，好像都忘了自己在幹什麼。

三百公尺，兩百公尺，一百公尺……

「臥倒啊！」

不知誰大喊一聲，廣場上的學生們整整齊齊的集體撲倒在地。如星星一樣繁多的魔女們歡呼著俯衝下來，在空氣中劃過無數流星經過的絢麗痕跡。

為首的魔女輕盈的在掃把上改騎為站，掀開身上的法袍，露出裡面近乎為比基尼的紅色惹火緊身衣。

「姐妹們！」那位魔女意氣風發的呼叫著，「當試驗品的妹子和小夥子都在這裡了！大家搶呀！」

魔女們發出了興奮的尖叫，絢麗的軌跡在半空中劃了一個圈，又再次像老鷹一樣向地面上的小雞……不，向拜特的學生們發起進攻！

廣場上一片大亂，土匪魔女們四處亂飛，拜特的學生們尖叫著滿世界亂跑，遠遠看上去就好像蒼蠅在炸了窩的螞蟻上面亂飛似的。

如果有學生跑得不夠快，一陣滾滾煙塵和土匪魔女的尖笑聲掃蕩過後，就再也看不到那個學生的身影了。

「佛祖啊，上帝啊，聖母啊，阿拉啊……」霈林海哆哆嗦嗦的祈禱，「誰來都好，讓今天的事只是一場夢……」

一個魔女尖笑著從他身邊掠過，又長又利的五爪狠狠劃過霈林海的脊背想將他抓起來。

霈林海使出千斤墜，扒住地面不鬆手。

只聽嗤啦一聲，那魔女抓著他破爛的衣服飛走了。

「南無阿彌陀佛、南無阿彌陀佛、南無阿彌陀佛……」

霈林海不知道被抓去將有什麼待遇，但可以肯定絕對不是什麼好事情。他已經被魔女們可怕的笑聲嚇破了膽，連抵抗都沒想過，只一徑的往旁邊的小樹林裡爬，覺得爬到那裡應該就安全了。

身後風聲呼呼，霈林海憑本能覺得不對勁，慌忙的整個人一趴，緊緊貼著地面，活像一張被踩扁的人皮。

四、五個魔女擦著他的頭頂呼嘯而過，一隻尖利的魔女爪子劃過他的臉頰，顴骨處一陣刺痛，大概是被指甲劃破了。真好，沒有抓走他，連黑貓也……

嗯？

他左右看看，心底忽地一陣發虛。

貓呢？

他的式神黑貓到哪裡去了？

他在地上摸了半天，只摸到一根被扯斷的靈力線……

完了……黑貓被劫持了……他單獨做出的式神根本不可能脫離靈力線啊！一脫離就要死的啊！

可憐的霈林海憤怒了，從地上一躍而起，在蒼蠅和螞蟻四處飛竄的世界裡異常憤慨的大呼一聲——

「哪個魔女搶了我的貓！」

獅子吼果然有用。

全世界突然靜默了下來。

不過，維持不到兩秒鐘，全世界又繼續沸騰。

兩個男生驚恐的從霈林海身邊跑過，四個魔女隨後擦過他，風馳電掣的飆過。

「救命啊！我們再也不敢對魔女姐姐想入非非了！饒了我們吧！」

「哦呵呵呵……英俊可愛的弟弟用來試驗化鼠劑最合適了！不要跑啊～」

一個柔弱的女生一邊向身後釋放電擊、一邊哭著跑，一個魔女騎在掃把上演出「上下左右躲躲閃閃」的雜技，依然緊追不捨。

「姐姐不要再追啦！嗚嗚嗚……我電死妳哦！」

「噢嘿嘿嘿嘿……姐姐找人體發電機這麼久了當然不能放過妳～」

一對情侶連滾帶爬的從霈林海另一側掠過，一群魔女死死咬住他們的蹤跡，堅持不懈的向他們丟易炸的玻璃瓶。

「魔女姐姐魔女姐姐魔女姐姐們啊啊啊啊——常言道寧拆十座廟不毀一門親啊啊啊啊啊——」我躲，我躲，我躲……

「姐姐們才沒毀親，只是試藥而已嘛～看我破戀劑！」轟！

「羅密歐的眼淚！」砰！

「自戀狂藥水！」淅瀝嘩啦……

霈林海目瞪口呆的看著這一切，一時竟忘了自己依然在最危險的地方，站在那裡也不觀察周圍交通，一個魔女看準了機會，斜刺裡猛衝上去，將毫無防備的他戳在了掃帚把上，兩人直沖天際……

「救命啊——」

淒厲的呼救聲消失在天空上。

肥貓躲在草叢裡香香的嚼著自己的魚，把骨頭咬得嘎滋嘎滋響。天空上那聲救命從開始到消失，完全沒有引起牠的注意——不愧是為了吃可以連命都不要的死肥貓啊……居然這樣都沒死……

樓厲凡坐在最高的樹尖上，遠遠的聽見霈林海的慘叫聲，手搭涼棚往那邊看了一眼。

「啊……你果然被抓走了嗎……」他自言自語，「不過你也不能怪我沒有兄弟義氣，實在是美杜莎的魔女們就是惡魔的代稱，我可不想因為洩漏秘密被殺……誰讓你們家裡都沒有魔女呢？要是有了的話這種事還能不知道……」

躲在宿舍樓裡的東明饕餮詭秘的拉開一點窗簾，又慌忙合住。

「她們還在搶啊……那個變態也還在牆頭上助威呢！」東明饕餮忿忿不平，「他怎麼能這樣啊！我們連大學都還沒畢業，怎麼能讓我們和專修學校的魔女們打？她們可是相當於研究生等級啊！」

「是院士級別。」東崇更正道。他躺在床上，臉上還蓋著一本書。

「反正我們打不過！」東明饕餮更憤怒了。

東崇拿下書，一笑：「認命吧，誰讓拜特一定要從魔女學校的手裡購買學校地盤……我們這可是魔女專修學校的定點試驗品抓捕地區之一，你作為它的學生沒被抓走，就知足吧。」

東明饕餮做一個嗤之以鼻的動作，又從窗簾縫隙看看外面大亂的樣子，接著問道：「對了，如果被抓走的話，會是什麼結果？真的變成魔力化肥嗎？」

東崇詭異的笑笑，沒有回答，只是又用書蓋住了自己的臉。

※◆◇◆◇◆◇◆※

一個星期後，被擄走的學生們被一批一批的放了回來。

人回來了，這一點很值得慶賀，不過問題是，他們和以前好像有點不太一樣。

比如一年級的某個學生，足足有一個月都堅持自己是一隻鳥，睡覺要睡在房梁上，吃東西只動嘴不動手……

比如二年級的某對情侶，每天都要堅持上演一齣羅密歐會見祝英台的戲碼，風雨無阻。

比如……

還比如霈林海，穿著一身破爛的衣服，還有一腔悲憤的心情……撲倒在樓厲凡的腳下，痛哭流涕。

「厲凡！算我求你了！下次有什麼危險就告訴我一聲好不好！求你了！我被她們……得好慘啊！」

沒料到他居然這麼大反應，樓厲凡愣了一下，問道：「……她們到底對你幹了什麼？」

霈林海默默流淚。

霈林海大哭而去。

天瑾抱著一隻黑貓敲門，半天都沒有人回應，她於是推門而入，發現樓厲凡正站在房裡發呆。

「我撿到了霈林海的貓，現在還給他……他不是剛才還在？」

樓厲凡嚴肅的想了想，回答：「他剛才是在，不過好像被她們強暴了一樣……」

天瑾無語。

第二天，霈林海被魔女們強暴、輪暴、ＳＭ……等等的限制級消息傳遍了學校的每個角落。

而霈林海呢？

他還在繼續哭，連停都停不住。

「厲凡你怎麼能胡說八道！嗚嗚……我只是中了她們的『哭到死』藥粉……想問問你有沒有解藥而已……嗚嗚嗚嗚……難道都沒人知道解法嗎……嗚嗚嗚嗚嗚嗚……」

番外二《與魔女聯歡》完

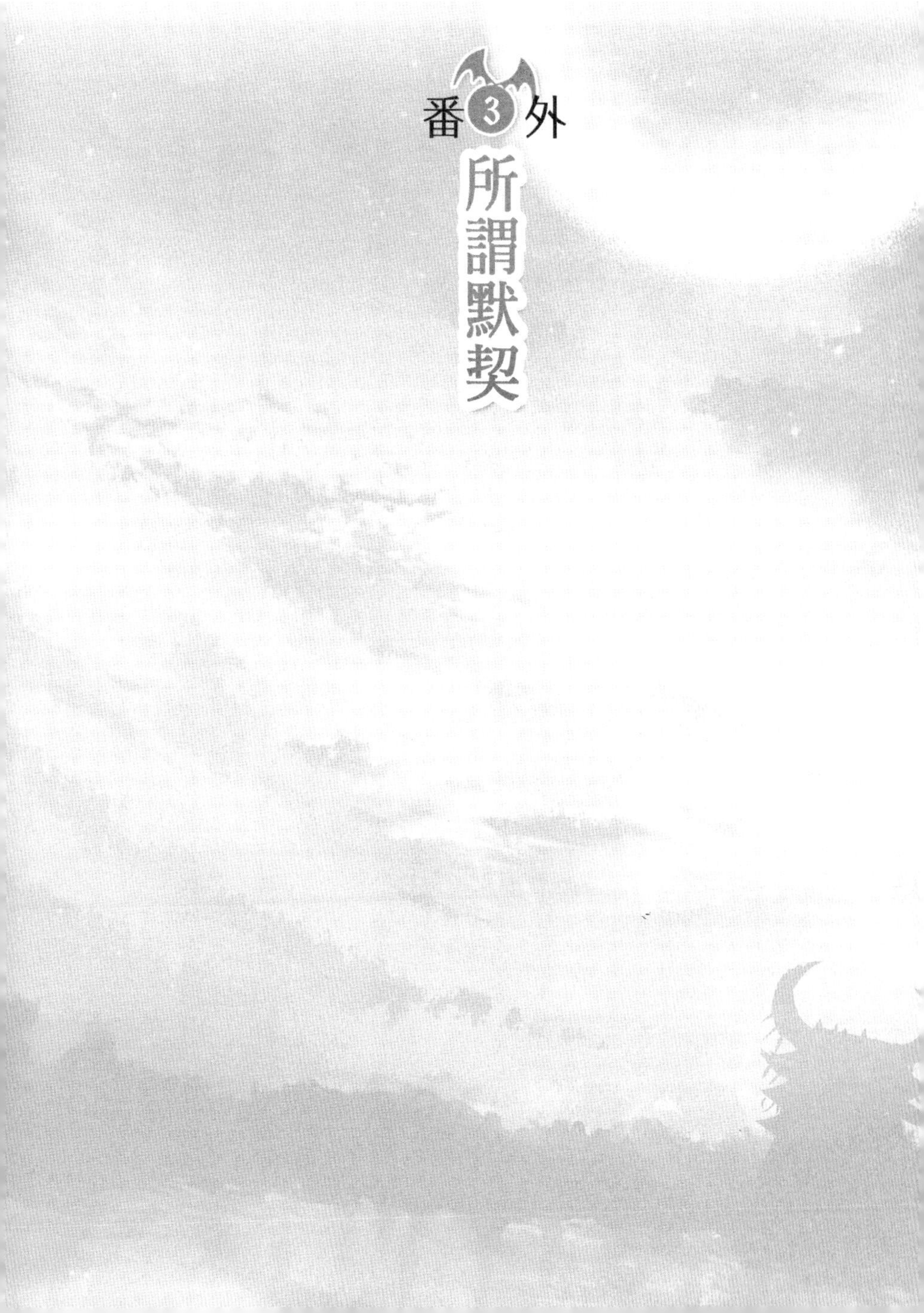

# 番外3 所謂默契

## 【一、起因】

魔女爵是一個認為自己總是走在時尚尖端的人，她始終以此為傲。而在魔界時，她的前衛和時尚也是其他女性爭相仿效的對象。

比如一千多年前魔界的流行元素大變革，就是她率先從人類那裡學會了使用脫毛膏開始的，雖然她把自己整個脫成了光頭的形象在現在看來有點難以理解，不過在那個時候卻酷得要命。

女性魔族們豔羨不已，紛紛群起仿效，搞得全魔界上下到處都是錚亮的光頭，連魔公爵選妃都不得不從一群光頭女子裡選。在那段「明亮」的時期裡，據說有很多男性魔族得了燈泡恐懼症，連看到水晶球都會引發嚴重的憂鬱症狀……

嗯，話是這麼說，可她畢竟還是魔界的子民，和人類所受的基礎教育完全不同，有文化隔閡。一些對人類而言很簡單的一些東西，她花了很長很長的時間也弄不清。

比如，某一個詞。

「兒子啊，什麼叫『默契』？」

當她問出這句話時，霈林海正舉著噴壺為一株會張牙舞爪的奇怪植物澆水。他對這個問題並沒有很在意，也沒有意識到這是他今後很長時間的夢魘來源。

「默契啊……妳問這個幹什麼？」

魔女爵把立體投影機轉向他的方向。

「你看這篇文章上說了，兩個人的默契必須達到一定程度才能結婚，我要看看我和你爸爸的默契有多少，他適不適合和我結婚！」

遠遠傳來某魔戰士踩塌地板的聲音，霈林海一顫，噴壺的嘴塞到了那株植物的嘴裡，可憐它長了一嘴倒勾牙，只能進不能出，被三角形的壺嘴塞得「耶耶」直叫。

「妳……妳都和爸爸結婚快兩千年了，現在還算這個幹什麼……」

「那不行！」魔女爵非常堅持，「文章裡都說了！沒有默契就不能結婚！可是我對默契這玩意完全不懂，只知道字面上的意思……你跟我解釋解釋！」

霈林海定睛一看，那篇文章的題目上明明白白寫著——

給超時尚女孩的一些建議……

上帝啊！怪不得這位摩登女爵奉如金科玉律呢！不過她怎麼就不想想她的年齡呢？女孩……幾千年前她就和這個詞無關了吧。

「呃……那如果……我是說如果、假設、可能……你們沒有默契呢？」

「那媽媽就帶著你一起改嫁！」魔女爵堅定的回答。

捏碎陶瓷花瓶的聲音淒慘得不忍卒聽，霈林海明白，如果再不說點什麼讓她轉移注意力的話，這附近好不容易才恢復起來的生態環境必然又會遭到毀滅性的打擊。

「這個……媽，妳慢慢聽我說……」

霈林海忘了自己在幹什麼，隨手把噴壺一丟，也不管那倒楣植物還卡著噴壺的嘴，他一鬆手，它整個莖幹都被壓彎到了地上。

那植物咿呀亂叫，霈林海卻沒有注意到。

「其實這個默契呢，這個默契就是……這個默契不就是那麼回事嗎？夫妻之間沒有默契也沒關係，很多夫妻也是沒有默契的啊，不能要求每一對夫妻都有默契嘛……這個……這個默契……如果有默契就能成夫妻的話，那我不是就該和厲凡結婚了？」

他這番話聽起來很有道理，事實上論點論據全都有嚴重錯誤。魔女爵覺得好像有哪裡不太對勁，卻說不清到底哪裡出了問題。

「可是那篇文章裡說……」

霈林海握著媽媽的手，誠懇的說：「媽媽，妳相信我嗎？」

魔女爵毫不猶豫的點頭，「相信！你是我兒子嘛！」

「相信就好……」霈林海的手掌在全息圖像上一抹，那篇文章就關掉了，「妳剛才看的那個網站總喜歡用很久以前的東西充數，對現代的人來說根本沒有什麼可信度。與其討論這個，還不如討論一下我們晚上該吃什麼？」

魔女爵愣了愣，立刻點頭，「說得也是！那網站真的是老放些過時的東西呢！我可是有最時尚美名的魔女爵啊！怎麼可以聽他們亂說！」

霈林海高興的點頭。他總算把那個難搞的議題解決掉了！

天吶，默契……要是他知道哪裡有默契的話，現在還會經常被樓厲凡揍嗎？雖然自從完全轉化了魔氣之後，樓厲凡的脾氣比之前好了不知多少，但每隔幾天他還是會因為不小心做了一些愚蠢的事而遭到毒打。

「今晚我們就吃你最喜歡的霹靂無敵超級時髦麻辣雞塊……對了，你剛才說你和誰有默契來著？那個叫樓……樓凡間？」

「是樓厲凡……」

「對，樓厲凡，人類的名字可真不好記……」

霈林海心道：妳的姓名加起來足有百十個字，好意思說別人嗎……

「那他也肯定喜歡我們家的霹靂無敵超級時髦麻辣雞塊了，什麼時候叫他一起來吃？他教了你不少東西吶，要好好謝謝人家。」

「……媽，那叫相同的愛好，不是默契……」

「那你說默契是什麼？」

魔女爵非常執著，簡直是打破沙鍋問到底。

霈林海真想抹自己的脖子！早知道他就不說自己和厲凡有默契什麼的廢話！這不是自找麻煩嗎？

他絞盡腦汁、搜腸刮肚，艱難的回答：「這個默契……其實就是……比如說妳想做麻辣雞塊，妳根本不用說，爸就知道首先把辣椒給妳，然後妳每放一樣東西，他都知道該遞給妳什麼……」

其實他更想說的是，那個什麼時髦雞塊從頭到尾都等於是爸爸做的，她只不過是拿了他手裡的東西往鍋裡放而已，不然她做出來的「食物」連砒霜都要甘拜下風。

魔女爵很激動的說：「難道他不開口你就知道他要說什麼了？原來這就是默契？」

霈林海冷汗道：「呃……基本上來說是這樣，但是我和厲凡還沒到那種程度……」要是到了那種程度，他還需要發愁因為不小心做了什麼事讓樓厲凡不高興，進而挨揍嗎？

「難道默契和默契還不一樣？你們的默契長什麼樣？」

默契長得什麼樣？

霈林海結巴了：「呃……怎麼說呢？具體說來，我也不知道……」基本上，應該還沒有人見過默契長什麼樣子吧？

魔女爵顯得非常不屑，他前面的話在她看來就好像放屁一樣。

「既然連你自己都沒搞清楚，那還叫什麼默契！」她理直氣壯的質問。

這話實在很經典，和母雞沒吃過蛋餅就肯定不會下蛋的道理一樣。

霈林海對此無言以對，他知道現在自己說什麼都沒用，反正她是不會理解的，於是決定速戰速決道：「總之呢，所謂默契，就是在妳知道和不知道的時候都會有的東西，它長得是圓是方、是長是扁，只有有默契的雙方才能真正理解，其他人是體會不到的……我這樣說，妳明白了嗎？」

如此完美、如此抽象，簡直就像畢卡索的畫一樣優美的答案，魔女爵想當然耳……

「完全不明白！」斬釘截鐵。

霈林海倒地。

「媽，妳饒了我吧！」

「可是兒子呀！到底默契是什麼嘛？你說得那麼複雜我也理解不了，不如你用魔界語跟我解釋啊！#@＊&$※◎……」

霈林海落荒而逃。

不管了，無論他們想破壞生態環境還是毀滅星球什麼的都和他沒有關係！他不想在這種最簡單的問題上再糾纏下去了！

然而，魔女爵的求知欲是旺盛的。

在她真正能瞭解這個詞之前，霈林海的地獄還沒有結束……

——不知道父親是用怎樣的耐心和她糾纏兩千多年……或許，這就是這對千年老夫妻之間的默契？

直到很多年以後，霈林海才從父親霈統那裡瞭解到他們「默契」的秘訣。

「林海啊，其實你一直都沒發現到，你媽的記性不好，語言學習能力很差，當初她光學中文就花了一百多年的時間，而且隨學隨忘……以後你再遇到這種情況就把辭海拿給她，五分鐘就可以解決症狀，這麼多年來我就是這麼做的……」

結論一：所謂的默契，有時候也需要工具的協助才能實現。

結論二：知識就是力量，是讓千年「黑金剛」婚和諧美滿的堅實保證。

ＰＳ：

霈林海忽略了一件很重要的事。

魔女爵身為魔王的妹妹，在那麼漫長的生命裡還能保持「青春時尚永不倒」可不是光靠護膚品，確切點說，「擁有永遠不死的好奇心」才是她保持年輕活力的最大秘訣。

之前怎麼說的來著？

正所謂禍從口出……

※◆◇◆◇◆◇◆※

**【二、發展之一】**

某夜，拜特靈異學院，一年級男生宿舍 333 號房——

霈林海正在夢裡滑雪，忽然他聽到有人在叫他的名字，他抬頭一看，只見滾滾的雪……不，是像雪崩一樣的鬼群從天而降，將他狠狠的壓在了下面！

他覺得胸口被壓得很重，呼吸困難，再這麼下去他就真的要死了，死、死、死……

他猛地睜開了眼睛。

眼前，距離非常非常近的地方，一雙賊亮的眼睛在暗夜中閃爍著狼一樣的光芒。

沒有來得及考慮自己是否還在夢中，霈林海本能的慘叫已經衝出了喉嚨：「鬼呀——啊啊啊啊——！！」

坐在他胸口上的樓厲凡差點掉下去，順手就往他的腦袋搧了一巴掌，「半夜叫什麼叫！做夢啊！」

霈林海哭泣道：「是做了夢，不過……」不過讓他慘叫出聲的可不是夢，而是某人的眼睛……為了自己的生命安全著想，他決定隱瞞後面這半句話，「不過我倒想知道，你半夜不睡覺，坐在我胸口幹什麼……」

一隻成年的貓睡在胸口，那重量都可以讓人在夢中被鬼追個半死，更何況是樓厲凡……

樓厲凡歪了歪頭，「哦，我看你好像睡得不是太好，所以過來看看你。」

霈林海愣住，用奇怪的目光藉著月光上下看了樓厲凡好幾遍，方才慢慢開口：「媽，妳又鑽到厲凡身體裡幹什麼？」

那個「樓厲凡」做出了非常震驚的表情，一下子跳起來踩著霈林海退了好幾步，霈林海慘叫，他的肋骨、盆骨、股骨、脛骨都快被她依次踩斷了。

對方非常無辜可愛的睜著大眼睛叫：「海海！我只說了兩句話而已！你怎麼就知道我不是樓厲凡了！」

霈林海很冷，真的很冷……無論是誰，看到冷酷暴躁的樓厲凡露出那種少女般的表情，都會像他一樣冷的。

「這種事情還需要想嗎！」霈林海含淚回答，「要是他的話，肯定是先把我打醒再說，怎麼可能坐到我身上壓到我自然醒！還有妳的腳啊媽媽！踩死我了！」

「啊呀呀真是對不起！我忘了我是在別人身體裡……」

當她——或者說「他」——的腳丫子終於從霈林海的最後一塊腳骨上離開時，霈林海感動得差點掉下淚來。

天吶！他真的是她的親生兒子嗎？

總是這樣、總是這樣……被這種腦袋裡缺根筋的魔女爵養了二十多年還沒養死，他的魔戰士爸爸真是功不可沒。

「媽媽妳到底是來幹什麼的……」

「看你們的默契啊！」理直氣壯。

「……」他真想把自己之前說過的話全吞回去！

「我好高興，我終於看到了……」魔女爵感動的擦了擦眼睛，「這就是你們之間的默契啊，果然讓人感動呢！」

「這是最基本的瞭解吧！連這點事情都不知道還怎麼做室友！」霈林海氣得腦袋嗡嗡直響，他終於瞭解到平時樓厲凡發火時的感受了，「妳來就是為了看這種看不見的東西嗎！媽媽！妳實在太過分了！我明天還要考試啊！」

魔女爵一拍手，恍然大悟，「啊！對了對了，你看我都沒想到！不好意思啊~我以後會記得先看看你們的課程安排的！哦呵呵呵呵……」

「什麼下一次？為什麼還有下一次！媽！妳說清——」

「拜拜啦！」

魔女爵快樂的向他一揮手，一陣風從樓厲凡的體內鑽出，風聲夾雜著女人得意的笑聲，自半開的窗口呼嘯而去。窗前書桌上的紙張飛得滿天都是。

「媽——！」

失去支撐的樓厲凡撲通一聲倒下，大部分的重量準確的砸在霈林海的胸腹部，正在呼喚媽媽的霈林海沒有注意到，當即一口氣被他壓實在肚子裡，眼前金星直冒，險些昏過去。

受到撞擊的樓厲凡好夢遭擾，不勝其煩的閉著眼睛咕噥：「霈林海，你好膽，等我睡醒非殺了你……」

「咯……咕咕……」這是霈林海的回答。

不是他不想說話，而是他實在痛得說不出來，加上又遭到了樓厲凡的這種威脅，他真想死了算了。

然而三秒鐘後，樓厲凡猛地從霈林海身上跳了起來，看看周圍，又看看自己，再看看被自己壓倒的霈林海……

很可惜，他並沒有夜視功能，所以根本看不到霈林海已然瀕死的面色。

「霈林海……」樓厲凡的語速很慢，很恐怖，很危險，「為什麼……你在我床上……」

霈林海鼓出胸口最後一口氣，顫抖的回答：「不……不不，厲凡，你弄錯了，這不是你的床……」別說是瀕死，就算已經死掉，這種黑鍋也絕不能揹！

他要是不說還罷，這一說之下，卻讓樓厲凡的怒火更加高漲。

樓厲凡惡狠狠的揪起霈林海的睡衣領子，一隻腳踏在他的胸口上，怒吼：「很好！看來你的神智還很清楚嘛！那你肯定該知道吧！為——什——麼——要——把——我——弄——

到——你——床——上！」

霈林海只覺眼前閃過了一個晴天霹靂。

「不！不是這樣的！厲凡！厲凡！你聽我解釋！你一定要相信我！我不是有意的……不對！我根本什麼也沒幹！是你的身體自己過來的！真的！你不相信我？我們是朋友吧！你要相信我的人格！不要被你的眼睛欺騙了！我真的真的沒有……」

早在很多很多年以前，古人就曾創造出一個很淺顯易懂的詞彙，恰恰正是對霈林海當前行為的最佳概括——自尋死路。

樓厲凡的怒火不負眾望的飆升到了歷史最高，他提高了聲音，眼睛裡刷刷刷的打雷閃電冒火光，「也、就、是、說！我是『自己』跑過來的了，是嗎？你什麼也沒幹，我就被你的魅力勾引到這裡來了！是這樣吧！」

樓厲凡眼中的火焰，在霈林海看來簡直無異於斷頭臺上利刃的光芒。

霈林海很想說他沒這麼想，他還想說這真的不關他的事，他更想說其實是媽媽又鑽到他身體裡所以他的身體才會跑過來這其實和他們兩個都沒有太大的關係希望樓厲凡能理解並相信他……

但他什麼也說不出來。

樓厲凡的拳頭總比霈林海的嘴快很多，對於這一點，他們兩人已經親身體驗過很多次。

所以，當霈林海在校醫的幫助——並附帶嘲笑——下，讓被打掉的牙齒回到口腔，並從豬頭的模樣勉強恢復原貌時，已是第三天過去了。

不過事情沒完。

霈林海不在乎被揍或怎麼樣，由於他笨嘴導致的那種可怕的誤會，他就算再死一萬次也死不足惜。

問題是不能讓那誤會留在樓厲凡的心裡，否則他就是死也絕對死不安生。他太瞭解樓厲凡了，他那種人真的會把他痛恨的魂魄做成鬼屍，用完以後扔到馬桶裡沖掉，讓其永世不得超生……

聽罷霈林海痛哭流涕的解釋，樓厲凡卻沒流露出什麼憤怒或不相信的情緒，只是很冷靜的向他伸出了右手的食指和中指。

「你看，這是什麼？」

霈林海惶然道：「這……這……好像是二……」

「對，你知道它是什麼意思嗎？」樓厲凡說。

霈林海傻了，二有什麼意思？

二能有什麼意思？意思是比一大？還是比三小？

樓厲凡知道他不開竅，也沒指望他回答，便自顧自的說了下去：「這個『二』，是方言裡的『二』。一般和它組合的都是二傻、二呆、二楞子、二百五……等等。你知道我要說什麼了嗎？」

「……我明白了。」

霈林海傷心欲絕，「厲凡！我的確是很菜而且很二，嘴巴也不太會說，著急的時候就抓不住重點，但是你怎麼一點情面都不顧！我都已經跟你解釋過了，真的是我媽——」

樓厲凡愣愣的看著他，不敢相信自己都說得這麼直白了他還不明白是什麼意思。

「霈林海……」樓厲凡搖頭，「你很豬頭，而且是那種不只豬了你自己還要豬別人的豬頭。真正的豬頭。」

「豬頭」這個詞明白，那句話的每一個字霈林海都明白，但當那些字組合成樓厲凡嘴裡的句子後，霈林海就再也聽不明白了。

「厲凡，你能不能說明白一點？只要再稍微明白一點點就好，我到底豬在哪裡……」

為了自己的生命健康，樓厲凡決定放棄和霈林海的交流，轉身爬上自己的床倒頭就睡。要不是現在他體內的魔氣已經沒有問題，照他以前的情況看來，霈林海肯定是再也看不到明天的太陽了。

※◆◇◆◇◆◇◆※

【三、發展之二】

某日，拜特學院教學樓，第一百二十樓，具象現課堂——

「樓厲凡……你實在是太過分了！」具象現老頭兒從講臺上一躍而下，一頭撞破窗戶玻璃，向著並不存在的夕陽淚奔而去。

坐在靠窗位置的學生們齊刷刷的轉頭，不敢看他落下去以後的慘狀。

「都第三次了……一百二十樓……摔不死也摔他個殘廢……」羅天舞小聲說。

公治舉牌，「我賭十塊，半殘。」

蘇泱銘舉牌，「我賭二十，扭傷。」

樂遂舉牌，「我賭三十，劃傷。」

樓厲凡懶懶的聲音插進來：「那我賭一百塊，毫髮無損，不過會裝病不來。」

四人組靜。

羅天舞激動的向他猛翹大拇指，「不愧是樓厲凡！這種事都猜得到！」

其他三人慌忙附和，四張已經被欺負成習慣的諂媚嘴臉怎麼看怎麼可憐。

不過，自然有人不吃樓厲凡那一套。只聽啪的一聲，天瑾手中的講義夾就摔到了樓厲凡面前的桌上。

「樓厲凡……」她狠狠的說：「那個老傢伙已經是第三次被你氣跑了。你要是真不想學就去宿舍睡覺，別在這裡影響別人！」

天瑾說話的同時，她和樓厲凡身前身後的人立刻紛紛往後退，生怕一不小心就遭到無妄之災。

樓厲凡將筆在手指尖上轉來轉去，冷笑道：「反正跑都跑了三次，又有什麼關係。誰讓他心靈那麼脆弱的。」

眾人心想：他心靈脆弱還不都是你害的！天知道你對他催眠以後讓他看了什麼，從那之後就變成這個樣子，你居然還理直氣壯的……

天瑾的臉色陰沉得能滴出水來，樓厲凡持續冷笑，兩人也不說話，身周範圍三公尺以內氣溫直線下降，比●鬥士也毫不遜色的絕對零度凍氣隨颱風悍然登陸中。

其他人能逃的逃了，能躲的躲了，只剩下被天、樓二人堵在中間的羅天舞四人組，他們不敢逃也沒處躲，遭前後雙方的颱風和凍氣夾擊，四人緊緊靠在一起，凍成了栩栩如生的整座冰雕。

霈林海倒沒像四人組那麼慘被夾在中間，可就算是在樓厲凡身後，看著他和天瑾對峙就夠讓他覺得恐怖了。

他摸摸頭上快結冰的冷汗，知道再這麼下去非得出問題不可。

「厲凡……厲凡……冷靜啊，和她打沒好處的……」

「你住口！」樓厲凡厲聲說：「我難道還能怕個女人不成！」

霈林海僵硬了。

天瑾身周的陰寒氣息又延伸了三公尺，「很好……樓厲凡……我們出去決鬥！」

「正合我意！」

兩人同時躍上桌子，夾帶著颼颼寒風衝出了教室——當然不是從窗戶。

霈林海在他們身後邊喊邊追，不僅身體僵硬得厲害，連聲音都顫抖得快聽不出來他在喊什麼了，「厲……凡吶……天瑾……吶……私自決鬥是違反校規的……就算要鬥……至少也要提前三天申請許可吧……」

直到冷氣機和麻煩製造機的背影在大家的視野中完全消失，教室內的溫度才開始節節回升。四座冰雕在大家同情的目光中一點點融化，有水從他們的臉上滑落下來，就像淚……

「今天樓厲凡的心情好像特別不好……」同學A說。

「哈啾！」

「是啊，也許他今天特別無聊……」同學B說。

「哈啾！哈啾！」

「不過我覺得他好像不只無聊……」同學C說。

「哈啾！哈啾！哈啾！」

「是啊，不知道為什麼覺得他今天特別有壓迫感……」同學D說。

「哈啾！哈啾！哈啾！哈啾！」

同學A、B、C、D：「你們四個！快把鼻涕擦一擦，到校醫那裡去弄點藥吃！」

鼻涕滿臉的四人組：「……不是不想去……是腳都凍硬了，動不了……誰來幫忙給點熱度……呀呀呀呀不要放火我們沒有辟火訣呀呀呀呀呀呀呀——」

天瑾、樓厲凡、霈林海在無窮無盡的螺旋樓梯上向下飛奔。

別看天瑾是女孩子，又穿了一身礙事的長裙，在這種樓梯上跑步倒是一點都不含糊。出來的時候樓厲凡只和她一前一後差不了幾公尺遠，但當跑下二十樓的時候，兩人的距離就開始明顯拉開，而等跑下了五十幾樓之後，樓厲凡稍一閃神就再也看不到她的身影了。

樓厲凡注意到這一點的時候，微微皺了一下眉，漸漸停下了腳步，目光在目力所及的層層螺旋上搜尋，卻還是看不到天瑾的身影。

「該死的女人……跑得倒是挺快！」他恨恨自語。

霈林海氣喘吁吁的趕下來，連話都快說不出來了，只是一徑喘氣，「厲……厲凡……你……和天……天瑾……真快……」

「不是我們太快，而是你速度太慢。」無處發洩的樓厲凡用力戳他的太陽穴，「看吧！都是你的錯！否則我現在都已經追上她了！」

霈林海傻了，「啊？可是我一直跟在你後面，也沒擋住你的路……」

「敢頂嘴——」

「妖孽看槍！」

霈林海的臉刷的變得死白，猛地一攬樓厲凡，兩人同時倒在凹凸不平的樓梯上。一把銀色的槍尖堪堪自樓厲凡頭頂擦過，帶下了他頭頂的幾根斷髮。不過，除此之外，樓厲凡倒沒怎麼樣，被壓在下面的霈林海卻痛得差點斷氣——脊椎啊！他的脊椎……

「霈林海幹得好，你抱緊，看我戳死他！」

跟隨著陰涼的女聲，槍尖再次刺了下來。不過這回瞄準的不是樓厲凡的腦袋，而是他的屁股——從方位來看，估計是想一口氣將他刺個對穿。

這時霈林海正痛得兩耳嗡嗡作響，哪裡還聽得見那女聲所說的話。

樓厲凡毫無阻礙的一個側滾翻，那銀槍準確的刺在霈林海的雙腿之間，和斷子絕孫之間僅有一公分的距離。

霈林海勉強低頭，當弄清楚自己遭到了什麼樣的威脅後，頓時開始口吐白沫……

天瑾抽出銀槍，陰冷的呵斥：「妖孽！再不快快離開樓厲凡的身體，就讓你斷子絕孫！」

「樓厲凡」囂張的大笑：「哈哈哈哈！在我受傷之前，還是樓厲凡先一步斷子絕孫吧！呀哈哈哈哈……呀哈哈哈哈……呀？」隨即，「他」一臉震驚的在臺階上退了一步，翹起蘭花指掩口，「妳怎麼知道我不是他！妳的遙測對他不是沒用嗎？」

天瑾青筋爆出，銀槍顫巍巍的指上了「他」的鼻尖，「看妳的人妖德性！樓厲凡是長得有點女人相，但他可沒連心也變成女人！」

「樓厲凡」嬌憨耍賴，身體扭動中，「討厭！人家內心本來就是女人！」

霈林海一口血噴出。

天瑾腳下不穩，叮鈴匡啷滾下了整整一層樓。

「天瑾——」霈林海悲哀的叫了一聲，絕望的吐出了肺裡最後一口氣，「媽，求求妳別再用他的臉說那種話了好不好……」殺傷力實在太大了，簡直和真實版恐怖片效果相當！再經歷一次他肯定會死——不被自己噎死也得吐血而死。

「樓厲凡」悠哉的整了整衣服，然後一步步走下臺階。

天瑾帶著少有的狼狽爬起來，發現「他」居然正在往下走，立時露出痛苦無比的表情，也不去看「他」的目的地在何處，撩起裙子，轉身，啪嗒啪嗒迅速逃走。

「哎呀，那姑娘跑得可真快呢。」魔女爵走到半死的霈林海身邊，優雅的坐在臺階上，托腮感嘆，「而且能力很不錯，一眼就看得出我不是真的。兒子啊，你難道對她一點興趣都沒有嗎？」

「媽……」霈林海垂淚道：「我怎麼可能喜歡上她……就憑我還沒到有膽子喜歡她的地步……還有，我想她不是『看出』妳和厲凡的不同，而是她喜歡厲凡……」雖然她遙感師的能力對魔女爵和現在的樓厲凡都沒有作用，不過愛情的直覺是不會錯的。

魔女爵失望的嘆了一口氣，拍拍兒子的肩膀，語氣中充滿了同情道：「兒子你這麼快就失戀了，好可憐哦。」

「……」

霈林海想死。

他真的想死。

他幹嘛非要喜歡天瑾不可！別說他不敢和樓厲凡作對，就算他敢，他也不會選一個那麼可怕的女人啊！又不是嫌命太長！

然而，魔女爵根本就沒打算聽他的回答，話題繞了個圈子又轉了回去：「那她是早就看出來了吧？無所謂、無所謂，愛情嘛……那兒子你咧？你是怎麼看出來的？我和她吵架的時候？是我又說錯了哪句話？還是她揭穿我以後你才發現啊？默契拍檔～」

霈林海閉眼，有種不如現在自殺更好的感覺。

「都不是，是妳的衣服……」

魔女爵看看自己身上的襯衫，「啊，衣服？穿反了嗎？」

霈林海有氣無力的深呼吸，「不是反……是妳根本就穿錯……厲凡很怕冷，但不怕熱，現在還是初春吶，他怎麼可能這時候就穿襯衫……」

魔女爵拉著身上那件罪魁禍首的襯衫，越拉越緊，微眯的眼睛裡精光閃爍，「呵呵呵呵……也就是說，其實早上起床穿衣服的時候你就發現了……是不是？」

「也可以這麼說……」不過當時他還不敢確定，萬一不小心搞錯的話，那他基本上就可以開始期待轉世後的未來了。

「那你怎麼不告訴我！呀——真討厭！」

樓厲凡的身體「撲通」倒下，正正砸在仍痛得站不起來的霈林海身上，霈林海還沒恢復過來的脊椎再次受到雪上加霜的嚴重打擊，昏茫一片的視野裡金光閃爍。

魔女爵根本連看都不看自己造成的結果一眼，夾帶著她的狂風呼嘯而去。

像貨物一樣被丟下的樓厲凡呻吟一聲，艱難的從霈林海身上爬起來。剛才的撞擊讓他頭昏得厲害，被他砸中的霈林海八成更慘，連慘叫都只剩下最後那一點點快要斷氣的聲音……

「嗯？」

一低頭，樓厲凡發現霈林海還躺在那裡動彈不得，就伸手去拉他。

可是他這邊一用力，霈林海就像殺豬一樣慘叫起來：「腰！腰！背！骨頭！呀！啊！斷了斷了……」

樓厲凡無力，也知道不可能拉起他來，只得放棄，轉而靠在欄杆上，幾乎把整個身體的重量掛在上面。

「怎麼樣？」樓厲凡問。
「我覺得我已經死了……」霈林海委屈的回答。
「很好……」樓厲凡深呼氣，點頭，「那你明白我說你豬是什麼意思了吧？」
霈林海哭了，「我……我哪裡知道她這麼鍥而不捨！」
「之前為了她臆測的『外遇』就擾得人魔兩界不得安寧，我覺得你從以前就該有心理準備才對……」
「可是她的行為太難預測了啊！」
「……她是你媽吧？」如果連他都無法預測她下一步的行動的話，那他的家庭也未免太詭異了點。
霈林海掩面大哭，「所以我是豬啊！我就是豬啊！嗚嗚嗚嗚……」
樓厲凡：「……」居然承認了……

※◆◇◆◇◆◇◆※

【四、發展之三】

事件越來越簡單。

某天傍晚，實習前，林蔭小道上——

霈林海在這條小道上來來回回走了百八十圈，石頭縫裡冒出來的小草十之八九都被他踩了個半死，方才見到樓厲凡從小道那頭姍姍而來。

霈林海等得幾乎冒火，卻見樓厲凡一副根本不知道急字怎麼寫的樣子，急得他在原地直跺腳，「哎呀！你拿個護具怎麼這麼慢！快點走啊！那邊馬上就要開始了！」

樓厲凡瞪了他一眼，「急什麼，好像你沒遲到過一樣。」

霈林海愣了一下，忽然沒頭沒腦的冒了一句：「人妖！」

「啪！」

樓厲凡毫不猶豫的立刻一巴掌狠狠下去，打得霈林海天旋地轉，原地轉圈，「混蛋！你罵我什麼！」

霈林海捂著半邊腫得老高的臉，腳步踉蹌，「媽媽，妳打得實在是太重……了……」臉都打歪了。

他的話才一出口，樓厲凡那張掛滿狠厲表情的臉登時如行雲流水般迅速消融，化作了一張少女般驚恐的面容，「我這次只說了兩句話呀！兒子你怎麼這麼快就知道了？！果然這就是默契呀～～～」

不管看多少次，每當看到樓厲凡的眼波在瞬間化作春水的情景時，霈林海都會有一種想拿東西敲死自己的本能……

「什麼默契……這個需要什麼默契！」霈林海悲憤的對她大吼：「只有妳最愛替自己遲

到找藉口！厲凡可不會！他是真正的好學生！」

「樓厲凡」扠腰，生氣的說：「知道裡面是我，那幹嘛還叫我人妖！你這個不肖子！」

霈林海眼淚差點掉下來，「那是為了確認呀！」誰知道他是不是心情不好找碴來著……

不過這句話他不敢說，也不能說。

「那要是他的話會怎樣？」

「要是他的話，肯定會再問一遍『你剛才在說誰』，怎麼會不由分說就打上來……」

魔女爵沉默。

一陣狂風從樓厲凡體內衝出，打著旋飛向天際，「我還會再來的～～～～」

「別再來了！」樓厲凡和霈林海對著她消失的方向同時怒吼。

※◆◇◆◇◆◇◆※

**【五、發展之四】**

簡單，簡單，再簡單。

某日，操場上，基礎對戰課——

「一、二、三！」

世界顛倒了，霈林海被樓厲凡狠狠摜在地上，塵土飛揚中，頭昏眼花，五臟錯位。

在他們附近的幾組學生爆發出一陣歡呼。

無他，樓厲凡的動作實在是太標準、太漂亮了！

「厲凡，你好像又變強了。」霈林海衷心的說。

「謝謝誇獎。」樓厲凡伸手去拉霈林海，可霈林海剛聽到他說的話，撲通一聲又倒了下去，「霈林海？」

「……妳到底要玩到什麼時候才甘休……」霈林海無力的說，「媽……」最後一聲媽，他叫得很輕。

「樓厲凡」做西子捧心狀，眼睛睜得巨大，尖叫：「怎麼可能！我又哪裡做錯了！」

剛才還為樓厲凡歡呼的學生們抱頭鼠竄。根據他們的經驗，當樓厲凡不太正常的時候，就是風暴即將登陸的時候……

「倒是沒做錯，只是少了半句話……要是他的話，那之後肯定就是一句『你以為我和你一樣不會進步嗎』……」

被打擊得太多，忽然不打擊，就不正常了。

他話音未落，狂風已從樓厲凡體內飆出，吹倒一群沒來得及逃遠的學生，遠遠逃逸。

「我總有一天要親自體驗到～～～～」

「到底還有完沒完了！」樓厲凡一個手空炮甩出，砸中狂風的尾巴，撒下一片金色的煙花，「不要以為妳是魔女爵我就會放過妳！」

「呀～～～～燒著了燒著了燒著了！」狂風拚命甩著絢麗的尾巴，帶著一路煙花的軌跡飛走。

※◆◇◆◇◆◇◆※

【六、發展之五～九】

……

……

……等等等等。

※◆◇◆◇◆◇◆※

【十、Endless】

樓厲凡和霈林海坐在教學樓樓頂的高臺邊緣上俯視大地，只見重重疊疊的森然綠意，一百四十樓以上的風景，果然不同凡響。

樓厲凡咬著吸管吸吸吸吸……已經沒有果汁的軟杯發出胡嚕胡嚕的噪音。也只有它是唯一的噪音了。

「霈林海，你媽好些天沒來過了吧。」

「是啊。」霈林海疲憊的說：「我們總算勝利了……」

「值得慶賀。」

「值得慶賀。」樓厲凡的聲音很平靜。

「值得慶賀。」霈林海的聲音一點也不高興。

因為他們明白，這種勝利其實只是建立在魔女爵突然對他們失去興趣的這一點上，一旦她想起之前的樂趣……結果不敢想像。

「不過，有件事我一直很想問你。」樓厲凡轉頭看著霈林海，「關於這個問題，我已經想很久了。」

「你說……」

樓厲凡困惑的問道：「我一直很想知道，你到底是怎麼分辨出我和你媽之間的區別？有的時候連我自己都分辨不出來，好像她要做的、她要說的，就是我要做要說的一樣……而你居然每次都猜對。我實在難以相信，你什麼時候對我這麼瞭解的？」

「嗯……」霈林海慚愧的低頭，「其實我一點都不瞭解你……」

「啥？那你怎麼分辨我和她的？」

「那是因為……」霈林海仰頭，又低頭，淚水在他的眼眶裡打轉，「那是因為……」霈林海忽然倒地，大放悲聲：「那是因為我太瞭解我媽了呀！我跟她在一起都二十多年了！想不瞭解都不可能呀！」

樓厲凡無語問蒼天。

果然，他就說嘛，這個白痴怎麼可能這麼瞭解他？

不過，這倒也是個好辦法吶，在兩方面裡只要瞭解其中一方，基本上默契就可以達到百分之百了。只是可憐了魔女爵殿下，明明都和兒子達到了這種程度的瞭解，卻非要在別人身上找默契……

她這輩子能找到嗎？

反正她還有無限的時間，慢慢找去吧。

那麼，請大家舉杯，讓我們敬無聊的魔王、無聊的魔女爵、無聊的魔界，以及……因魔王沉睡而無聊透頂的整個魔族——

祝大家，千年好眠。

番外三《所謂默契》完

# 番外4 畢業與離婚

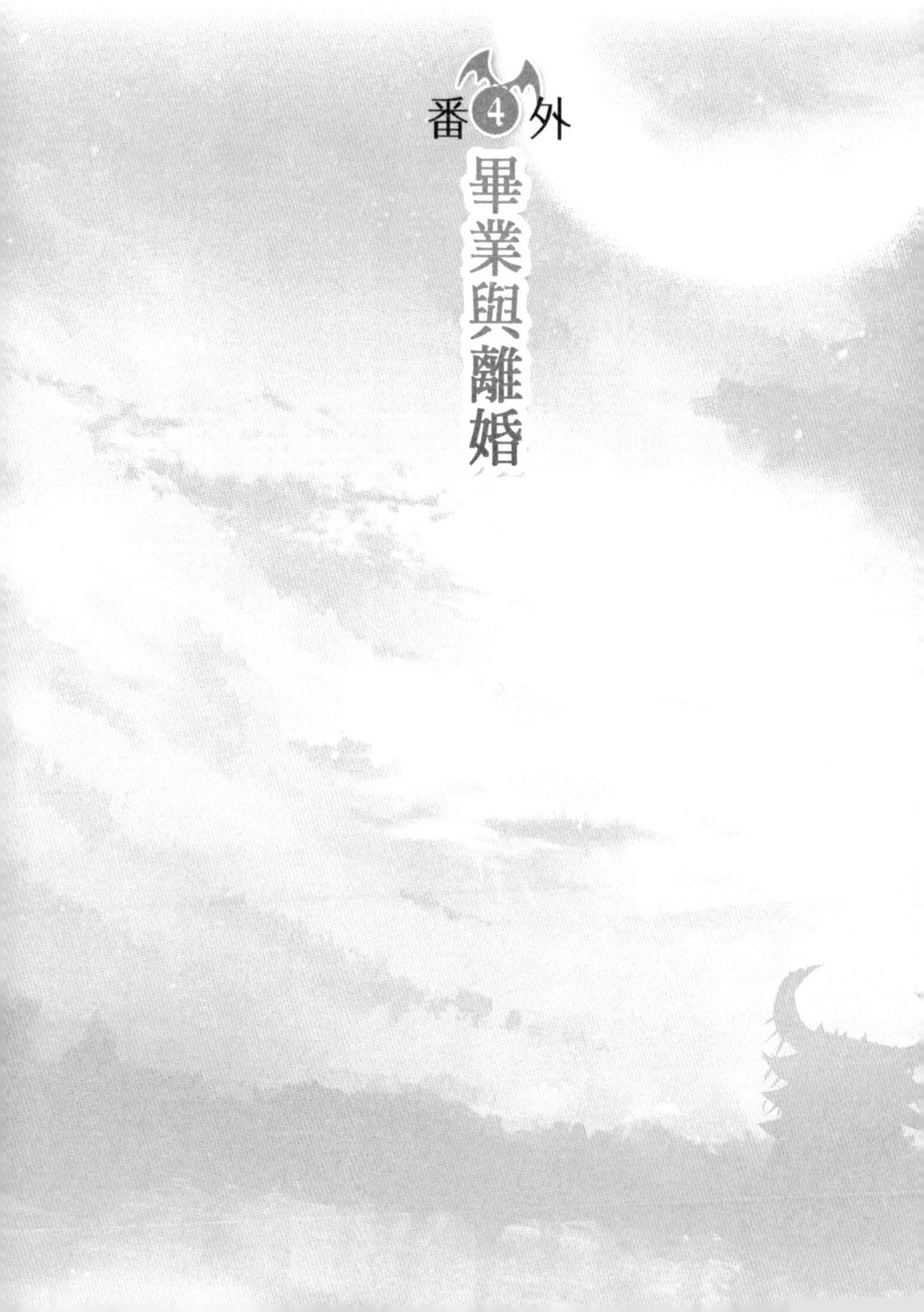

## 【一、畢業季】

盛夏七月，又是一個幸福的畢業季，同學們的學習任務已經從生活重點上退了下來，對於現在的他們來說，最重要的是找工作、搞聯誼、忙分手，以及把自己打理得美美的去照畢業照。

不過嘛……

很可惜。

這些樂趣滿滿的小活動和本故事的主角都沒有任何關係。

「哈哈哈哈哈哈哈哈……」東明饕餮一手扠腰，一手掩嘴，仰起腦袋，亮開嗓門，笑得十分happy。

……也十分讓人想揍他。

樓厲凡動了動手指，覺得七年過去了，自己已經是個成熟的大人了，不該再和這個永遠長不大的小屁孩計較。他是如今魔界年輕的高階主管，沒有任何事情能讓他失態。

「哈哈哈哈哈哈哈……啊哈哈哈哈哈哈……你居然延遲畢業了哈哈哈哈哈……因為你幫霈林海統治了魔界所以沒有時間畢業哈哈哈哈……我研究生都要畢業了你還沒有哈哈哈哈哈……」

樓厲凡啪的丟下手中的畢業事項通知，一巴掌把坐他對面的東明饕餮拍了個滾地葫蘆。

東崇走進校園休閒廳，就見東明饕餮滿地滾著喊：「樓厲凡你好殘忍！」其他的學生都裝作沒有看見的樣子躲在自己的座位上，只有零星幾人看著東明饕餮的模樣做嘲笑貌，但在看見東崇走進來的同時就瞬間收起了臉上的表情，彷彿只是為著一個受到欺負的孩子而憤憤不平。

東崇冷冷的掃視一圈，在強大的壓迫下，所有的學生都立刻找到了其他可以做的重要事情，或打電話、或抓耳撓腮，總之最後都躡手躡腳以最快的速度離開校園休閒廳。

東崇走到樓厲凡對面——原本是東明饕餮的位置——坐了下來。

東明饕餮捂著臉、眼冒金星的看著東崇，臉上滿滿的寫著「樓厲凡欺負我！他欺負我！你看見沒他欺負我！快替我報仇！快點看見我！快點！」……

東崇看了他一眼，不想理會他，但等了一會兒他還是那麼閃亮亮的看著自己，於是拍了拍他的腦袋，說道：「一邊玩去。」

東明饕餮知道東崇不會為他復仇了，一臉失望的躲到一邊暗自神傷去了。

休閒廳的工作人員見怪不怪的走過來，為東崇上了一杯他常點的火焰流星，確定他們沒有什麼需要了才走開。

東崇看看樓厲凡，手下用銀勺輕戳杯中的飲料，暗紅色的飲料忽然炸出了一片小小的流星，又落入杯裡，讓整杯飲料都發出流螢般的微光。

樓厲凡穿著一身黑色法袍，沒有任何裝飾和花紋，只有流水般的質地，暗絲銀線，低調的奢華。連他的頭髮都變得半長，柔軟的垂在肩上，僅耳後一枚細小的水晶髮飾夾住髮絲。

東崇可以發誓他見過那玩意，在上代魔王的腦袋上。如果他沒有記錯的話，那是魔王印的縮小版，取下即可恢復原形大小。他心想：樓厲凡就這樣戴著可決定魔界生殺大權的魔王印跑到人間來了？身後也沒跟著幾千名魔從屬保護？

「嗯哼，怎麼了？你殺了霈林海，登基為魔王了？」

不過說實話，他現在的模樣不太像魔王，更像是魔女。

樓厲凡凌厲的甩了他一眼，但很快頹然下來，抿了抿嘴，慢慢說道：「……我現在是註冊魔女。」

東崇毫不客氣的哈哈哈哈哈哈大笑起來。

樓厲凡一掌揮上，東崇又不是東明饕餮那種肉腳蝦，立時出手相抗，兩人在桌上打得劈里啪啦，桌下的四隻腳也沒閒著。

東明饕餮星星眼狀的望著他們兩人凌厲的攻防戰，流著口水，心想：哦哦哦我果然最愛強者了……

兩人誰都沒使出全力，打了半天也沒打出個結果，桌上連片紙張都沒掉落。最終尋個空檔，兩邊同時收手。

東崇稍微有點喘氣，「幾年不見，大有長進。」

「謝謝你啊，千年不長進的老殭屍。」樓厲凡反脣相譏，硬憋著沒讓喘氣聲漏出來。

兩個人不想再打了，便互相看著對方冷笑。

「所以你到底找我來幹嘛的？就為了欺負饕餮給我看嗎？」東崇問。

東明饕餮趕緊見縫插針，「對啊你看他揍我！你看我的臉！看我的臉——」

兩個人連理都沒理他。

東明饕餮又縮回了角落裡。

樓厲凡撇了撇嘴，彷彿想說些什麼又閉上了嘴，最後不情願的說：「我需要你在我畢業考的時候幫我護法。」

東崇無語的看著他，「這就是你求人的態度？不是我說，要不是霈林海那傻子任你予取予求的，光你這種態度，別人就有藉口揍你八百遍。」

樓厲凡反問：「你也知道有霈林海……像你這種老妖怪至少還能再活個三千年吧，你敢保證今後的三千年裡都沒有什麼要求到他的？」

「如果我要求霈林海，那就去求霈林海。」

「只要我在，就休想。」

「你能活三千年？」

樓厲凡笑而不語。

東崇考慮了幾秒鐘，想到霈林海平日對這傢伙的態度……

「不是我說——」東崇端起面前的飲料，視線穿過微炸的流星看著面前與其說是魔法師不如說是魔女的男人，「霈林海現在是什麼身分了？只要他說一句，拜特敢不讓你畢業？」

樓厲凡冷然道：「我沒告訴他我要回來參加畢業考。」

「你們兩口子吵架了？」

「和你沒有關係！」樓厲凡怒道，「而且我們也不是兩口子！你還是管好你們家那口子吧！就他這賤嘴，萬一你死了他還不一天被人揍個三千六百遍！」

兩個人互相怒目而視。

膝蓋上無辜中了一槍的東明饕餮在角落裡淚流滿面。

兩個人經過了幾分鐘的互相攻擊，終於意識到並沒有必要在這裡用嘴炮浪費他們的時間和生命。

樓厲凡說：「我只是來問問你，要是你不同意就算了。反正沒有你也有別人……」

反正還有花鬼啊、天瑾啊、雲中榭啊，如果不考慮實力問題的話，那什麼的四人組也能算進去……多的是人期待著給樓厲凡和霈林海一個人情。

東崇迅速的想清楚這一點，將自己原本威武不屈的面容一收，向樓厲凡伸出了一隻手，非常不真誠的假笑道：「合作愉快。」

樓厲凡也露出一個非常不真誠的假笑，「呵呵。」

「那麼——」東崇問：「你的畢業考到底是抽到了什麼內容，非得有人護法不可？」

樓厲凡敲了敲面前的一疊紙，似乎想說些什麼，但因為實在說不出口，以至於無可奈何的將之全部推到了東崇面前。

東崇一看，「……賠償書？」

再仔細一看內容，東崇的臉都要笑裂了。

「只是去借本書而已，你們就能把書籍魂靈都撕碎了？哦——還不是一隻、兩隻，是一千五百萬三千六百四十七隻有記錄在案的書籍魂靈？這簡直就是大屠殺啊！你們那事我確實聽說過，不過還真不知道是這麼大的手筆啊！讓我看看……哈哈哈哈……完全再生還需要五百多年！簡直強大，不服不行！」

再翻了翻資料，東崇又道：「這不對啊，最後把事情搞得無法收場的不是霈林海嗎？這跟你有什麼關係？為什麼賠償書上只有你一個人的名字？」

樓厲凡面無表情道：「因為霈林海不回來畢業，所以拜特決定把這事全扣在我頭上。」

「那你為什麼要這麼急著趕回來畢業呢？」東崇驚奇的問，「再說，你現在都這個身分了，還缺這一紙畢業證書嗎？」

※◆◇◆◇◆◇◆※

## 【二、魔王代理妻子】

樓厲凡如今是什麼身分？

七年前，霈林海等人為救樓厲凡進入了魔界，原本這只是一個原因很複雜又很簡單的意外，卻因為冒險活動的必然性，讓一切事情變得十分複雜。

首先就是，沉睡的魔界醒了，而魔王並沒有醒來。

按理說，整個魔界應該會因為魔王的沉睡而進入沉睡，並且因為魔王的清醒而全部醒來的，但是在霈林海等人的一通大鬧之下，讓魔王醒了那麼幾秒鐘。

為了這痛苦的幾秒鐘，魔王很生氣，事情很嚴重。魔王認為，自己的睡眠問題全都是霈林海的爸媽導致的，如今他們連覺都不讓他睡，這讓他感到十分憤怒。於是他決定這一切都當報應在霈林海身上。

在霈林海即將離開魔界的時候，他將魔王印偷偷印在了霈林海的背上。

這是魔王傳承的標誌，意思就是「老子甩手不幹了你們想怎樣就怎樣吧！」，然後他就埋頭睡覺去了。

在毫不知情的情況下，霈林海成了新一任的魔王，但是他並沒有發現這一點。等整個魔界全部醒來之後，所有的魔公爵和魔從屬都沒有感應到魔王的存在，便去魔王沉眠處搜尋，這才知道魔王早已卸任不幹，埋頭睡覺去了，於是整個魔界亂了套。

魔界不可一日無主，這話可不是開玩笑的。

不管是什麼階層的魔族，都是那種隨時需要大人看管的小孩，像是今天你拿了我的修煉石，明天我踹了你一腳，緊接著就是我滅你滿門和毀滅世界……只要沒有比他們更強大的人壓著，一個月毀滅一次世界那壓根不算啥。

就在霈林海正進行著自己快樂單純的校園生活時，魔界大亂的消息傳到了人間。魔女爵剛開始還想做鴕鳥——因為她不想讓人發現其實問題的源頭在她這裡——覺得兒子一定會意識到問題所在、挺身而出解決這一切的。

結果霈林海完全狀況外，什麼也不知道，還覺得這一切和他沒有什麼關係。

靈異協會進行了幾個月的分析會議並施展各種外交手段之後，才搞清楚到底是發生了什麼事情，於是用了各種手段開始在魔界尋找魔王印的持有者。

魔王印耶！當然應該在魔界尋找新的持有者才對呀！

於是又浪費了幾個月的時間，直到霈林海幾乎已經摸到畢業證書的時候，他們終於發現在魔界尋找沒有結果，不得不轉向人間，並且在三天內找到了魔王印的持有者。

他們之所以在人間擁有如此高的效率，不是因為這次執行任務的人比較聰明，實在是因為魔女爵終於發現靠別人沒什麼用處了，如果這群白痴再不找到霈林海，魔界真的要被鬧崩塌了，才不得已出手，讓霈林海暴露了出來。

知道真相的霈林海更是一片茫然，他幾年前還以為自己是個連靈感力都沒有的人類呢，這會兒就逼著他當魔王了？

這局勢轉變太快，他有點承受不來……

而對樓厲凡來說，這件事純粹和他沒有關係，於是他只是笑呵呵的等著魔界來人把霈林海綁走。只要這個扯後腿的走掉，他的畢業成績必然比他預計的還要高很多，在那之後當上高富帥迎娶白富美走上人生巔峰的人生道路就能順利妥當啊哈哈哈哈！

他一切都計畫好了，就等著霈林海走的時候表達一下言不由衷的不捨即可。

誰知道，就在高階魔公爵們前來學校迎接新魔王的時候，霈林海突然因為壓力過大而精神崩潰了！

他緊緊的抱著一時沒能走脫的樓厲凡，大喊：「這是我的妻子！要和我一起回去！他要和我一起統治魔界！沒有他我就不回去！」

樓厲凡只覺得一道驚雷打在了自己的腦袋上……

他當然知道霈林海冒著被自己殺死的危險胡說八道的原因——就是害怕！不敢一個人去魔界面對那群老魔頭！

但是他不明白，在魔界，魔王說的話是有效力的，只要魔王說出口，就有言靈相隨。樓厲凡不知道在人間是不是有同樣的效果，但是如果此事成真，他確定霈林海一定會成為第一個被「妻子」活活勒死的魔王！

那麼樓厲凡的反應呢？

當然是拚命掙扎，厲聲否認，引經據典，說明自己是人類，沒有資格成為魔王妻子，更重要的是他和霈林海沒有一點關係！沒有一點關係！沒有一點關係！重要的話說三遍！

不幸的是，魔公爵們認為區區人類的話不足採信，最好還是自個兒驗證為好。

於是一位魔公爵上前驗證——他們有情人鎖（紅線）連接的痕跡。

樓厲凡拚命解釋，那根本就是一個錯誤——無人理會。

於是另一位魔公爵上前驗證——他們有情侶之間大詛咒的痕跡。

樓厲凡再次費盡唇舌，說明那就是另一個錯誤——依然無人理會。

第三位魔公爵比較聰明，到學校裡找了幾位無關的學生和教職員進行調查——所有人都一致表示，毫無疑問，他們兩個就是一對的關係。

樓厲凡淚流滿面、無言以對、無可奈何。

魔公爵們譴責的看著他——這人類太不知好歹，都已經嫁給魔王了，這會兒還想悔婚？樓厲凡簡直要氣瘋了，完全失去了理智，他當著魔公爵們的面，把絲毫沒有還手意願的霈林海揍得鼻青臉腫。

出乎意料的，他的行為得到了魔公爵們的支持，魔公爵們眼中的譴責集體化作了極度的讚賞，轉眼間就和他拍著肩膀稱兄道弟起來。

樓厲凡很久以後才明白，原來這種行為在魔界屬於打是情、罵是愛的範疇，打到生活不能自理才是愛到骨子裡的表現呢。

——怪不得當初魔女爵那麼對待她老公還沒被她老公拋棄哈！

知道這個事實的樓厲凡好險沒氣得吐了血。

可是霈林海認定了要帶樓厲凡走，就算是死在樓厲凡的手裡，他也不要一個人去魔界當魔王！死也不要！

於是在霈林海的堅持下，在魔公爵們的助攻下，在學校的漠視下，樓厲凡在畢業前夕被挾持到了魔界，作為「魔王的妻子」助理——其實更多的時候是主理——負責處理魔界糾紛事務。

但是因為魔界的一些規定，以及約定俗成的風俗，樓厲凡作為人類，又不肯在魔界和霈林海「再」辦一次婚禮——樓厲凡：從來就沒有過什麼婚禮好嗎！——而且由於寧死不願跟霈林海「圓房」，他身上並沒有新魔王的印記，很多魔從屬根本就不聽他的，每每執行什麼事務的時候，高階魔公爵們倒是沒什麼阻礙，下面的小蝦米們卻是推三阻四、陽奉陰違，辦個大小事都困難得不得了。

最後還是霈林海的媽媽——魔女爵替他出了個主意。

「你只要成為註冊魔女就行啦。」

魔女是介於魔從屬和人類之間的一種存在，只要成了註冊魔女，就是半個魔界人。既是半個魔界人，又是魔王名義上的「妻子」和「代理人」，那他就成為了名正言順的管理者，能夠理直氣壯的發布各種命令、處理各類事務，而魔從屬們完全沒有理由拒絕。

被各類事務壓得頭昏腦脹的樓厲凡趴在山一般的文件中央，看著魔女爵。

「我覺得這好像是個陷阱……」

魔女爵呵呵微笑。

在樓厲凡通過了魔女的註冊考試，成為史上第一位男性魔女之後，在魔界的工作果然進行得順利多了。

但！是！

直到他接觸了多年魔界的法律之後，突然在某一天解決某婚姻糾紛的時候，查到了一條非常、非常、非常古老，上面大概已經落了一萬年灰塵的條文：為子嗣計，魔王與人類的婚姻不合法。

那一天，無論樓厲凡騎著多少隻草泥馬高呼臥槽也不能平復他想要毀滅魔界的衝動。

他和霈林海的婚姻原本是不合法的。

在他成為註冊魔女之後就合法了啊草草草！！

他終於明白了魔女爵微笑的意義。

但那實在太晚了。

事情已經無法挽回。

所以說了，樓厲凡是什麼身分？

如今，魔王的妻子，註冊魔女的「合法」身分。

當然了，在人間，除了幾位關鍵人物之外，都只知道他是魔王代理人的身分——否則樓厲凡就要抓狂了。

但問題是，他才不是霈林海的妻子！他也不想在魔界繼續累死累活的賣命！霈林海的事情和他並沒有半毛錢的關係！魔界的事務也和他這個人類沒有半毛錢的關係！他憑什麼要為霈林海和魔界奉獻一生！

七年過去，霈林海的魔王生活從剛開始的生澀無能到如今的如魚得水，樓厲凡都靜靜的看在眼裡。

他知道霈林海已經不需要他了，但那人就是不肯放他走，說什麼他一走，他就沒了可以倚靠的人了，簡直不能活了……

——你就胡扯吧，這世道，誰離了誰不能活？

於是他決定，以某魔從屬和人類有糾紛為由，在畢業季前悄悄回到拜特靈異學院，申請畢業考。

等他順利畢業，拿到他早就該擁有的畢業證書，便有資格參加人類的靈能師考試。而註冊靈能師和註冊魔女是不相容的關係，只要他成為註冊靈能師，就能取消註冊魔女的身分，就不再是名正言順的「魔王代理人」、「魔王妻子」之類聽著便讓人直起雞皮疙瘩的身分。

然後，他就可以申請和霈林海「離婚」。

雖然在法律和實際上他們之間都沒有任何關係，但是因為魔王的「言靈」作用，在魔界這麼些年裡，霈林海又反覆的強調、言靈反覆的記錄，讓他們的婚姻關係被打上了不可磨滅的印記。除非申請離婚，抹去言靈的記錄，否則他別想自由。

至於霈林海不同意「離婚」這種事，他當然考慮過，但是他不認為自己還有其他的路可走。大不了到時候推薦其他人給霈林海做「代理妻子」，甚至是真的「妻子」，而不是抓著他白白的為他做工。

比如說……

樓厲凡看了面前的東崇一眼。

眼前的人就很不錯嘛！旱魃，力量強，能力高，壽命長，非人非妖非鬼，基本上跳出四界外，根本不在五行中，說不是魔也可以，說是魔也能沾點邊，又狡猾得跟隻狐狸一樣，簡直是再好不過的接班人選。

至於霈林海的「代理妻子」為什麼依然選擇男人這一點，被他毫不客氣的忽略了。

好吧，他就是報復又怎樣，來咬他呀～

東崇被他的眼神看得莫名一寒。

樓厲凡垂下眼簾，掩住自己得意的目光，說道：「這件事，我沒有必要告訴你。我現在可以保證，只要你保我順利通過畢業考，我作為魔王代理人期間，你有問題要解決的時候隨時可以來找我，只要涉及魔界公共事務，並與我私人無關的，一切都可以。我們可以使用言靈，可以簽血契，你想要什麼樣的保證都可以。」

這個條件當然只有他在任時有效，但也要保證東崇不會在明白一切之後用這個條件逼他繼續留下，否則費勁折騰半天卻又回到原點，他就要崩潰了。

東崇總覺得樓厲凡這模樣看起來怪怪的，可再仔細想一想，不管怎麼說，這個條件對他而言好像都沒有什麼壞處。他從拜特學院畢業過不止一次，對於學校畢業考的情況瞭解得比一般的老師還要清楚，這種條件對他來說基本上沒有什麼風險，而且今後能多一個保障，簡直是不答應都對不起自己啊。

東明饕餮看他猶豫不決的樣子，又暗暗的蹭過來，「東崇，你看他打我……」

——這麼久不見，一見面就打人家，這麼殘忍的人，你還要幫他？不要啊……

東崇看了他一眼。這個人遭人無視的體質隨著年紀的增長有所好轉，但嘴賤惹禍的程度卻呈指數上升，如今魔界甦醒，各界相通，人界可能出現各種生物，誰知道這人會不會沒事惹點事來？

還是多個保障好點。

「我同意。」東崇毫不猶豫的點頭，「簽血契吧。」他是老派的殭屍，還是紙張合約更讓他感覺安全。

東明饕餮的腦袋砰的一聲砸在桌子上。

樓厲凡在心中撒花放炮歡呼，激動得不能自已，表面上卻淡定如初，彷彿一切都在他的掌握之中。這是他七年來最大的收穫了。

「好的，血契就在這裡。」他從那堆紙張的最下方拿出早已準備好的血契，他自己已經簽了名，並按了血印。

見他這麼乾脆，東崇更是覺得這件事有什麼地方不太對勁，但又說不出來。

再仔細看看條款，其實也和樓厲凡剛才說的差不多，並沒有什麼特別需要注意的地方，基本上就是他保護樓厲凡通過畢業考，並且將這件事情對霈林海嚴格保密，而樓厲凡在涉及魔界公務但不涉及自己時給予他幫助，不得推諉拒絕。

東崇將那血契反反覆覆地看了三遍，又讀了三遍，覺得裡面沒有什麼語言陷阱，這才簽了自己的名字，按上血印。

血契發出一陣微光，說明約定已成，自動分成兩份，樓厲凡和東崇各執一份。

※◆◇◆◇◆◇◆※

## 【三、畢業考】

按照畢業考說明單上的指示，樓厲凡和東崇剛剛踏入圖書館，那位人妖拜特就扯著他的粉紅色超短裙奔了過來。

「東崇，親愛的！你是來找我的嗎？我就知道你最愛我了，來來來來來，我們到一邊去單獨——哎呀呀呀呀……」

「咚！砰！嘩啦！」

那個人的大部分身軀消失在書籍的海洋裡，只剩下兩隻穿著黑色絲襪的毛腿。

東崇收回被震得發麻的拳頭，面無表情的看向樓厲凡。

「什！麼！也！別！說！」

樓厲凡抽了抽嘴角：「我不說。」

——我的事情比你的還丟人呢，就不要互相揭傷疤了。

看來過了七年，有巨大變化的不只是他一個人呢……

今天是圖書館閉館日，也不知道是不是拜特故意選擇這一天。

——他會那麼好心？

東崇覺得還是不要相信這種事情為好。

樓厲凡和東崇一起來到了圖書館的陣眼所在，正是圖書館的正中央。五芒星的正中央，有一個小小的圈圈，正可以容納樓厲凡的兩隻腳——多半隻都不行。

東崇看看手中的考試說明單，再看看已經踏入小圓圈的樓厲凡，推測道：「我總覺得這件事有點不對勁，你看這上面的流程只寫了『踏進圓環唸動咒語』，然後就什麼都沒有了。我可不相信唸完就考完了！相信你也不是那麼天真的人。」

樓厲凡嗯聲道：「我明白，那個咒語肯定是有什麼作用，我想大概是逼著我使用力量，然後將我的力量吸走去補充書籍魂靈的能量，以縮短它們再生的時間？」

「倒是有這種可能。」東崇點頭，「但是這所學校的事情什麼時候能這麼簡單了？萬一把你拉到什麼必死之局上，我在圈外很有可能來不及救你——話說，這份說明單是誰給你的？」

樓厲凡面無表情道：「拜特。」

一陣沉默。

東崇艱難的說：「我覺得，你……你還是重新向副校長申請畢業考比較安全一點，明年還有機會不是嗎？萬一你死了，我要這血契也沒用啊。」

樓厲凡：「呵呵。」他就是死，也要在這一年畢業！否則他跑來參加考試的事情被霈林海知道，那人肯定能猜出來他的想法，以後他就再也沒有這樣的機會了！

樓厲凡接過了考試說明單，按照上面咒語的標識，一個字一個字的將內容唸了出來。東崇一直盯著他的動作，手掌之中暗自蓄力，準備著只要事有不對就將他從那小圈裡拉出來。

當樓厲凡的咒語唸到最後、即將結束之際，突然一道聲音傳了過來：「哎呀！」那聲音大得就算東崇已經嚴令自己不要去注意樓厲凡之外的東西，卻還是被那聲音驚擾到，目光移開了一瞬。

就在這一瞬間，他身邊的樓厲凡驟然發出一陣強光，一股大力襲來，將他狠狠的推到了書架上。他撞得兩眼昏花，沉重的書架晃了一晃，連一本書也沒掉下來。

那陣強光和足夠將他推飛的巨大力量足足過了十幾秒鐘方才消失，東崇一個鯉魚打挺跳起來，跨步回到陣眼處，樓厲凡已經不見了，只剩下那一紙說明單，在空氣中悠悠的飄來蕩去，最終落在地面上。

他再看向那個出聲驚擾了他的人。

那是花鬼。

花鬼的手指頭鮮血淋漓的，似乎被什麼東西咬到。

東崇無語的看著花鬼。

花鬼也無語的看著他。

兩人同時開口：「今天是閉館日……」

又同時閉嘴。

靜默。

「我在為樓厲凡的畢業考護法。你到這裡來幹什麼？今天不是圖書館閉館日嗎？」東崇開口了，這回花鬼沒有同步說話。

花鬼等他說完，回答：「我這個學期的結業作業分數有點低，拜特讓我閉館日來服務抵作業分數。」

「你的手是怎麼回事？」

「書架咬的。」

他們一起看向書架上那個凸起的人臉。

人臉桀桀怪笑幾聲，把自己抹平在書籍裡。

東崇可以確定這件事完全是拜特的陰謀——那個校長拜特。作為另外一個人格的圖書館管理員拜特，自然是其中的幫凶，目的就是要將樓厲凡單獨隔開，不知讓他幹什麼去。

東崇拿起那張說明單，站上那個小圈，開始唸咒語。

咒語結束，他身上只亮起小小的微光，瞬間熄滅。

他又繼續唸咒。

這次依然只有小小的微光，又瞬間熄滅。

花鬼看了他半天，說：「你沒事吧？這種事情想想不就知道了嗎？這是一次性咒語，就是不想讓別人跟著他。」

東崇當然明白！但是他手裡還有樓厲凡的血契！血契要求他不得將樓厲凡的考試資訊洩漏給霈林海！

但是如果樓厲凡因為這次的畢業考死在這裡，拜特的下場會如何他不清楚——總之應該不會死——可他就不一樣了！他有血契為證！他有保護樓厲凡的義務，但是他沒做到！而且向魔王隱瞞樓厲凡的行蹤！等這位新任魔王知道這件事，別說三千年，他還有沒有一年的壽命都難說！

他又嘗試了幾次，不出意外的全部失敗了。

花鬼在一邊替自己的手指頭做包紮，見他一次次失敗的無限糾結，感覺十分的不解。

「樓厲凡消失了，你在這裡著什麼急？去告訴霈林海啊。他不是對樓厲凡緊張得跟什麼似的，讓他想辦法就可以了嘛。」

「你廢話！」東崇拿出了那張血契，「要是我──能告訴他，現在又怎麼會自個兒在這折騰！」他早就把擔子甩霈林海身上去了好嗎？

花鬼看了看那張血契，又看看東崇的臉。

「你就是這個意思？」

東崇點了點頭。

花鬼轉身走了。

東崇鬆了一口氣，一屁股坐在陣眼上，感覺汗都要把上衣浸透了。

他覺得，拜特能活這麼久──雖然是個經常找死的傢伙，想殺他的人能繞地球一圈了，可真要與他不死不休的還真的沒有，說明他還算是個識時務的，不會一下子把事情做絕。這麼識時務的拜特，是不可能冒著和一界之主作對的風險，活活把樓厲凡弄死……當然，「往死裡折磨」還是免不了的。

所以他沒有必要自己嚇自己，還是乖乖等著大 BOSS 來收拾殘局就好了。

不過首先，他還是搞清楚樓厲凡去了哪裡吧。

他拍拍屁股站起來，去找圖書館管理員拜特了。

※◆◇◆◇◆◇◆※

## 【四、書籍世界】

樓厲凡撲通一聲落在地板上。

頭暈目眩，噁心想吐。

一個女人尖利的聲音刺入他的耳膜，「小婊子！想搶我的男人！妳好大的狗膽！看我不稟告父親叭啦叭啦叭啦……」

樓厲凡睜開昏花的雙眼，勉強看見一個花紅柳綠的古裝女子站在自己面前，疾言厲色的說著什麼。

別的倒沒聽太明白，不過搶男人那句還是聽清了。

「我不需要男人，妳自己留著吧，謝謝。」他喃喃的說。

他說的是實話，奈何那女子卻彷彿受到了極大的侮辱，尖叫一聲：「妳這個淫婦！我要告訴父親和祖母！」轉身哭著跑掉了。

他的身後，一群女人蜂湧而出。

只有一個小丫頭和一個老太婆將他艱難扶起，勸著他。

「大小姐，您還是趕緊向二小姐賠禮吧。」

「萬一她真的去告訴老爺，老爺一定會責備您的。」

「只要您向二小姐解釋清楚，應該就不會有事的。」

「大小姐，您怎麼了？」

「大小姐……」

樓厲凡看著自己，身上依然穿著黑色法袍，胸前平坦如初，他確定這還是自己的身體，連衣服都沒換，這一老一小難道看不見嗎？還「大小姐」？她們是眼睛瞎了還是怎麼樣？

不過他很快就清醒了過來。

並不是人家眼瞎，而是他掉進了其中一本書的世界。仔細想想，他進來之前那個陣眼在哪個區來著？是古代言情區嗎？

在樓厲凡的思考範圍中，是不存在「宅鬥文」這種分類的，對他來說言情小說就是言情小說，能分個古代和現代就很了不起了。

據樓厲凡曾經看過的資料，他大概對書籍世界這種類似於電腦製造的虛假世界有一些瞭解。一般而言，書中世界的人都遵循著他們自己的「天道」——也就是作者的意志運行，他們的反應不過是作者要求他們出現的反應而已。

他被丟下來的時候應該替代了這位「大小姐」，所以才會被毫不猶豫的錯認了。

他為什麼會替代了這位大小姐呢？因為原本的「大小姐」必然是作為能夠化為實體的主角，在圖書館裡被霈林海撕碎了，這會兒正忙著再生呢……

各種東蒙西猜的，樓厲凡大概明白了拜特要求他用此事來做畢業考的原本目的了。

佛說，一花一世界，一葉一菩提。

一本書經過漫長的時光，經歷了許許多多人類的撫摸與幻想，就會產生一個新的世界。

就像電腦創造出的世界一樣，剛開始的書籍魂靈並沒有什麼智慧，只是一次一次的根據故事情節，走過自己注定的命運。

時間長了，更多人的「思念」注入書中，那些魂靈就會逐漸成為實體。而最先成為實體的，一般是接受「思念」最多的主角，這個時候他們也往往沒有什麼太聰明的地方，遇到情節之外的事情就一塌糊塗，不知如何處理，就像當初被霈林海撕碎的那些魂靈，正處於半清不醒的懵懂狀態。

然後到了某一天，「砰」，這個主角忽然明白了一切，意識到自己只是虛幻中產生的虛幻之物，明白了自己只是這大千世界內的小千世界的傀儡。直到意識到這一點，他們才算是真正「活」了過來，成為一個意識清醒的書魂，逐漸的與真正的人類魂靈相差無幾。

這個時間會很久很久，幾千年的時間也未必能產生一個真正的書魂。

但是霈林海卻一次就將一千多萬個懵懂的書籍魂靈全部撕碎了。難怪拜特連魔王的面子都不顧了，非得要求賠償。

而一本書的主角一旦消失，這個世界就很難繼續運行——試想，沒有主角的書，情節該如何發展？根本進行不下去嘛！世界不能運行，主角就沒有力量，無法再生；而沒有主角，世界就不能運行。這是個惡性循環。還擁有殘餘力量的書籍等待主角再生，還需要五百年，而世界無法運行的主角，至少要一千年……

也不知拜特是著了急，還是其他的什麼緣故，居然用這種辦法逼他進入書籍世界。樓厲凡猜想，很可能是要讓他頂替一個世界的主角，讓世界繼續運行，這樣即便他離開，這個世界也會留下「影像」，讓世界繼續運行，直到真正的主角歸來？

好像也不太對呢……拜特是那種會關心虛幻世界的人嗎？拋開這一點不論的話……

「難道我必須走完這一千多萬個世界的劇情，才能離開？」樓厲凡驚悚的猜想。

這個世界並沒有回答他。

在他被那個小丫頭和老婆子安置在榻上休息、順帶梳理情報的時候，門外一陣喧囂，一群身強力壯的婆子衝了進來，拖起樓厲凡就走。

樓厲凡也不是肉腳蝦，如果他不同意，豈能那麼簡單就被她們拖走，不過反正現下也沒有別的事情好做，便聽之任之了。

婆子們一邊拖他，一邊悄聲嘀咕：「這位大小姐怎麼這麼重……」

「就是啊，怎麼趕上男人的重量了……」

樓厲凡呵呵。這還要得益於他主動跟著走呢，就憑這群紙片人的品質，想抬起他一根手指頭都不可能。

一群人拖著樓厲凡到了主廳。

大小姐的爹和老祖母嚴陣坐於上座，那位二小姐哭哭啼啼的訴說自己的委屈，看見他進來，臉上露出絲毫不遮掩的惡意，就等著好一場大戰。

樓厲凡擺出死魚眼……就這種水準的配角，居然還能活到第二章？主角和其他配角的智商該是有多低！

這堂上堂下還有許多花枝招展的女人，或坐或站，都彷彿像畫一樣，不過一個個都擺出了或腦殘臉或晚娘臉，個個說得好不熱鬧。

根據那幫娘們妳一言、我一語的說法，樓厲凡連蒙帶猜的明白了前因。似乎這位大小姐是去世的原配所生，繼母和繼母所生的女兒對她百般不順眼，總之就是對女主角各種虐，連大小姐的親父和親祖母也在這母女兩個的經營下對大小姐產生了厭惡感，而女主角就是個包子任人搓揉，從來沒反抗過。

如今看清了前因，後果卻不是很清楚，他也沒看過這本書。不過既然是女主角，那肯定是奮發圖強了，覺得這麼繼續忍讓下去，這群小婊子也不會放過她，乾脆就腳踢老太太，拳打毒繼母，把妹妹收拾得服服貼貼，然後嫁給一個強大的男人，GAME OVER，HAPPY ENDING。

反正這個世界並不一定非要「女主角」循規蹈矩，只要讓劇情進行下去，不管怎麼樣扭曲的劇情，對真正女主角的重生都是有益的。

聽完了一通智商低下的挑撥離間，堂上那位和賈母差不多的老太太面色一沉，狠狠的杵了杵手中的枴杖。

「妳這個不孝不悌的畜生！竟然如此欺辱自己的親妹妹！給我跪下！」

樓厲凡當然不會跪，他低頭想了想，突然想到了一個可能。

拜特真會那麼好心，讓他進入書籍世界就為了幫助主角們快速復活？太陽從西邊出來了吧？這絕對不可能啊！

他的走神讓老太太氣得都要昏過去了，「居然連我的話也不聽了嗎？快來人！把她給我拖下去——」

樓厲凡如今想到了其他的事情，懶得再跟他們虛與委蛇下去，單手一舉，一股強大的威壓從他的身上蔓延出來，這房間裡所有的人，無論是站是坐，全都撲通撲通跪趴在地，剛才還唧唧歪歪個沒完的女人們瞬間沒了聲音。

他走向一直坐在老太婆跟前、此刻趴在他身邊的老男人，蹲下身，直視著他的眼睛問道：「玉璽在哪裡？」

根據這宅子的大小判斷，這位一家之主應該是名官員。女主角既然是官員之女，男主角應該也差不多。既然是官員之家，那麼對他們來說，最重要的、最有權勢的、最有可能給予女主角力量的東西，就是玉璽。

樓厲凡模模糊糊的記得，以前看過關於書籍魂靈的介紹。書籍魂靈的產生，總是和書中最重要的東西密不可分。尋寶為主的小說，那個寶物（比如《鹿●記》的《四十二章經》）就是；金手指屬於物品類的小說，那個金手指（比如洛基的權杖）就是；神話小說，威力最大的東西（比如雷神的錘子）就是；而如果是官場小說，國家大印就是……

樓厲凡豁然開朗。

這才對嘛！拜特怎麼可能是那種毫不利己專門利人的人——怪物？——拜特必然是有其他企圖才會派他來的嘛！他怎麼就忘了這一點呢？

那個老男人被嚇得軟成了一灘泥，全身抖如篩糠。

樓厲凡才不管那麼多，一把拎起那老男人，讓他為自己指了皇宮的路，祭起飛行術，在無數的驚呼聲中向皇宮飛行而去。

他一路前行，一路的威壓將所有迎上來的侍衛都壓平在地上，最終衝進了金碧輝煌的皇帝御書房。

那皇帝見他進來原本還十分威嚴，大喝：「兀那賊子，還不束手就擒！」

樓厲凡連個眼神都懶得給他，掐著老男人的手緊了緊，「玉璽在哪裡？」

那老男人慫慫的指了指御書案。

皇帝拍桌，「你好大的膽子！把他們給朕拿下！朕要誅他們九族！」

又一群侍衛湧進來，樓厲凡再次放出威壓，侍衛們撲通撲通的疊成了一片羅漢。

「在絕對的力量面前，一切心計都是紙老虎。」樓厲凡感嘆一聲，丟下手中的老男人，閒庭信步般走向御書案。

令人驚奇的是，皇帝卻沒有被他的威壓按趴下，還是坐在那裡大喊著「來人啊」。

侍衛們繼續潮湧而入，卻毫無意外的被樓厲凡的威壓壓趴。

樓厲凡有點驚訝的望著面前的皇帝。

按理說，皇帝是天命所歸，也就是這個書籍世界裡天道所承認的天命之子，他擁有這個世界的氣運，所以能一時與他的威壓相抗，這是很自然的。

但無論如何，他也不過是個紙片人罷了，怎麼也不該能承受這麼久、這麼強的威壓。

樓厲凡挑了挑眉毛，呵呵笑了，「原來你就是男主角。」

比皇帝這個天命之子還要強一些的，就只有另外一位主角了。言情小說嘛，除了女主角之外，當然會有男主角。

可是問題又來了。

樓厲凡扣住了皇帝的脖子，將他整個人硬生生的拎了起來。這些書中的角色對樓厲凡來說不過是紙片人，就算整個拎起來也用不了半分力量，就像他剛才抓住那個老男人一樣。

但事實上，他拎起皇帝的時候，這位男主角的重量卻有點不太對勁。

男主角很重，事實上，就像一個真人一樣重。

樓厲凡「哈」的笑出了聲來。

作為一個世界的女主角，女主角成功化形，在圖書館裡成為實體的書籍魂靈，因而被霈林海消滅，以至於樓厲凡進來替補。

但作為一個言情世界的男主角，和女主角承受的「思念」之力一般所差無幾，偶爾甚至會比女主角更受歡迎，更何況他還是這個世界的天命之子，一界帝皇。沒有道理那化形的女主角在圖書館裡被殺，而同樣擁有化形能力的男主卻躲在這個世界裡安然無恙。

「剛開始我以為是讓我來走劇情，還覺得挺絕望的；然後發現好像是要找重要的物品，當下覺得有點莫名其妙；現在，我終於明白他是什麼意思了。」

皇帝的臉上露出了無以言表的驚恐。和剛才近乎做戲的驚恐不同，現在他簡直是被嚇到肝膽欲裂了。

「原來你早就已經成了有意識的書魂？所以在霈林海撕碎書籍魂靈的時候，你躲回了書籍世界裡？」樓厲凡問道：「你可是珍稀動物，為什麼要躲呢？」

那書魂皇帝咬牙哼了一聲。

「在你們那個世界……我們這些書魂幾乎都沒有好下場！」

這一點樓厲凡簡直沒辦法辯解。

「好了，這個我不跟你辯，等你到了拜特那裡，讓他來跟你解釋一切吧。」

他鬆開手，將玉璽丟在皇帝的懷裡，對著他唸出了剛才進入時的咒語。

果然不出所料，唸出咒語的同時，那皇帝和玉璽都消失了。

嗯，雖然不知道那個重要物品有什麼用處，反正就像考試的時候總要把答案寫滿一樣，還是把有可能的東西都送出去為好，說不定考試成績會更高一點呢？

覺得自己實在太聰明的樓厲凡這樣想著，也在原地消失。

※◆◇◆◇◆◇◆※

**【五、現實世界】**

拜特正在歡歡喜喜的喝著下午茶，覺得自己又坑了個不聽話的學生一把，心中十分愉悅。然而就在他無限享受之時，毫無預兆的，一道身影虛空中一閃，撲通一聲落了下來。

拜特被踩得吱哇慘叫。

男主角懷中的玉璽掉下來砸到他的頭。又是吱哇一聲慘叫。

坐在他對面的帕烏麗娜和雪風同時喝了一口茶。

「哦，來了。」他們說。

拜特慘叫：「這是怎麼回事！這是誰幹的！我要扣他的學分！我要讓他延遲畢業！……臥槽你是誰啊？！你不是我們的學生啊？」

帕烏麗娜輕輕的嘆了口氣，「……這是你讓樓厲凡去書籍世界抓回來的高級書魂。」

拜特繼續哇哇大叫：「什麼？我又沒告訴他！他怎麼知道要抓這種書魂回來啊？這不可能啊！我什麼也沒說啊！他應該還以為只是走劇情而已吧！我預計要把他困在那裡至少一千萬年啊一千萬年！怎麼可能這麼快……」

帕烏麗娜懶得跟他解釋那些低能的廢話，一彈響指，她的式神從虛空中躍出。

那位式神是一名古裝女性，向那皇帝書魂微微屈膝，露出一個溫柔的笑容：「您好，最新的書魂先生，拜特學院熱烈歡迎您的到來。根據我們這個世界的法律，從現在開始，您成為了真正的『生靈』，擁有和這個世界上的人和魂一樣的權利與義務。請同我到這邊來，容我與您仔細講解……」

女式神帶著依然一臉茫然的皇帝書魂到一邊去了。

拜特還在叫囂著不可能，就差滿地打滾以訴說自己的委屈了。

雪風喝茶冷笑，「他真的以為他們是以前的小學生啊？還一千萬年！我看就算是三個月也別想。」

帕烏麗娜呵呵笑了兩聲，「三個月？我預計是三天。」

兩人互相對視，在對方的目光中看到了熊熊的戰火。
「要賭嗎？」雪風淡定的問道。
「為什麼不呢？」帕烏麗娜淡定的反問。
「賭什麼？」
「就你上個月才得到的法器。」
「可以，那我就要妳那個……」
兩人賭約結印的手勢剛剛做出一半，校長休息室的門就被敲響了。
「幾位大人。」門外的人說：「看守薄弱點的守衛稟報『魔王界碑鬆動了，魔王即將進入人間。』」
兩人再次對視一眼，就像什麼事情也沒發生一樣，行雲流水的收回了結印，拿起茶杯，齊齊喝了一口。
「還是準備迎接魔王吧。」
「呵呵，好主意。」
——尼瑪！連三個小時都不到！霈林海你要不要這麼黏人！

魔界——
可憐的魔王秘書局也有一肚子的苦水要吐，有很多很多的眼淚想流。
寶寶苦，但是寶寶不說。

霈林海是個挺有能力的魔王。這一點，所有的魔界高階主管和貼身秘書們都深有體會。這一點，主要體現在樓厲凡休假的時候。

沒辦法啊，不管樓厲凡是什麼身分，他的身體是個人類這一點是毋庸置疑的。魔界成員們十年休假一次，人家樓厲凡做不到啊！那不是把他這個人類往死裡逼嗎！

所以每一年——是每一年啊——樓厲凡都會消失半個月，據說是回人間休假去了。

每當這個時候，秘書局就倒了大楣。

樓厲凡在的時候，大小事情無論多麼複雜多麼難辦，只要跟他彙報，肯定會有一個解決辦法出來。照樓厲凡自己的話來說，他就是個勞碌命。

可是樓厲凡不在了，霈林海明明只需要一句話來解決的事情，他就是不說話啊！他就是逼著秘書局或者相應的高階主管自己解決啊！

他的理由也很充分：事情都我幹了，那要你們幹什麼？

問題是什麼事情他都不說話啊！如果有沒有魔王都一樣，那他們還要他這個魔王幹什麼啊？難道說這就是他不肯放樓厲凡走的真正原因嗎？所有知情者們都要為樓厲凡哭了。

寶寶苦，但是寶寶不敢說。

然後等到事情發展到無法解決，霈林海就出現了，用最簡單粗暴的辦法——力量壓制，一次解決一切後續問題，禁止上訴。

誰讓魔界是個力量至上的地方呢？所以大家都覺得魔王陛下好有能力哦哦哦～～

如今大家都明白了，在樓厲凡休假期間不要找魔王大人解決問題，否則問題只會越來越大，最後被魔王一掌拍飛而已。

而現在，魔界秘書局的所有成員和追蹤部高階主管都哭著跪在地上，向他們的魔王大人解釋為什麼無人能夠找到樓厲凡的下落。

霈林海過去被父母封印的力量，如今已回復巔峰，且由於言靈的束縛，以及曾經發生過的那些牽絆，新任魔王霈林海任何時候都能感應到樓厲凡的下落，無論樓厲凡在四界何處，只要他想，就能知道。

但就在一個小時之前，樓厲凡留在他手中的「線」突然失去了蹤跡，就好像樓厲凡瞬間從這四界裡消失了一樣。

而書籍世界是在四界之外的小千世界，屬於類似於平行世界的範疇，「線」被隔斷也是很正常的事情。

完全不知道發生了什麼事情的霈林海，臉色陰沉得嚇人。

因為多年來始終不肯承認自己魔王的身分，以至於說什麼也不願意穿那身拉風的魔王制服，霈林海一直是一身人類的打扮，大部分時間甚至是穿著居家服。如今他只是穿了一身休閒裝和白色毛衫，彷彿最柔和好欺不過的學生模樣，但卻散發著再陰沉不過的惱怒之氣。

所有人跪伏在地，動彈不得。

就算是以前樓厲凡不在的時候，霈林海必須用力量壓制來解決各種糾紛的時候，他都沒有散發過如此恐怖的氣息。

「我不管你們用什麼辦法、找什麼人，一個小時，我要知道厲凡的下落！」

整個魔界高層都忙了起來，八仙過海，各顯神通。

占卜──無效。

追蹤──無效。

感應──無效。

連到魔界出差的靈媒師也被臨時抓來尋找，依然毫無消息。

沒人知道樓厲凡去了哪裡，所有的追查手段都只知道他消失於人間，卻查不到他在哪裡消失。

霈林海從未感覺到如此無力且憤怒，在這個時候，他甚至有點感謝這個根本就不想接手的魔王身分了，否則他還真不知道該怎麼去尋找樓厲凡。

這次和樓厲凡被魔女爵強行帶入魔界時不一樣。那個時候，他雖然同樣不知道樓厲凡的下落，但他的潛意識裡其實還是能感應到的，所以他心裡並不慌張，他知道自己一定能找得到樓厲凡，只不過是時間的問題罷了。

可這次不同，他們之間的感應就像斷在了虛空之中，另一邊空落落的感覺是他從來沒有感受過的。

就在霈林海的怒火幾乎爆表的時候，有人稟報說，拜特學院的新理事長來了。

霈林海直覺他是為了樓厲凡，立刻讓人請進來。

進來的人是雲中榭。

這個人作為心思詭詐的罪犯，不知怎麼的就贏得了受害者的原諒，在受害者還因為「罪行」而繼續被囚禁於學院範圍內的時候，成功拿下了學校理事長的寶座。這個受害者指的就是那個眼沒瞎但其實挺眼瞎的花鬼。

霈林海才不關心別人的愛恨情仇，雲中榭會在這個時候過來，當然不是來找他玩的。

他開門見山的問：「你知道厲凡在哪裡？」

雲中榭也不跟他寒暄廢話，點了點頭，就將花鬼的轉述原原本本的告訴了霈林海。

作為保密血契的簽訂人，東崇不能直接告訴霈林海關於樓厲凡的下落，但是血契只針對東崇↓霈林海這條線有保密規定，可沒說東崇不能「不小心洩漏」給別人，也沒說「別人」不能告訴霈林海。

東崇只是不能直接開口訴說，不過血契一亮出來，花鬼就明白他的意思了。

然而，花鬼的刑期未過，不能離開拜特學院的範圍，只能交給雲中榭來向霈林海轉述。

雲中榭並沒有增添刪改任何情況，只是根據花鬼告訴他的情況平鋪直敘。其實花鬼知道的也不多，只有在圖書館發生的事情和血契上的內容，他說的也就是這些內容。

霈林海不是傻子，從對方所說的這些內容就猜到了事情的原委，並且推測出了樓厲凡的想法。

他知道樓厲凡壓根不想當他的「妻子」或者「代理人」，但是他真的、真的、非常需要樓厲凡留下！

他知道自己的毛病：有能力，有力量，沒心眼。這群魔界的人哪裡是那麼好統治的，在他想到辦法把身上的魔王印抹消掉、名正言順的活著卸任之前，他都必須繼續下去。但除了樓厲凡之外，再也沒有別人能夠那麼聰明、那麼簡單就解決那些麻煩得要死的事務了。

更何況，他沒有辦法相信魔界的其他人。

這群人的腦子裡總有一些彎彎繞繞的詭事，就好像隨時潛藏著無數的宮鬥小能手，大概是過長的壽命讓他們長出了過多的心眼吧，有些事情根本不是他用力量就能解決得了的，於是每每樓厲凡休假半個月的時候，就是他和整個魔界生不如死的時候。

樓厲凡雖然脾氣不好，但他相信樓厲凡不會像魔界人一樣有那些不可言說的心思，他只需要安心信任樓厲凡就可以了。

魔界的規定他當然知道，他的魔界記憶是和力量一起被封印的，所以他一直以為自己是個正常的普通人類。但如今得回了力量，魔界的記憶就沒理由還被封著不放。因此，對著言靈反覆強調什麼妻子、什麼代理人都不過是必要之舉罷了，只要樓厲凡留下替他賣命，就算是每天遭到暴力毆打他也無所謂啊。

可是如今，樓厲凡明顯不想再繼續下去了。

根據樓厲凡所做的事情來推斷，他為了讓他們之間的「婚姻」無效化，連最鋌而走險的一步——和拜特那種人做交易、和旱魃簽血契——都做了，可見他的忍耐已經到了快要爆炸的程度。

——書籍世界嗎？

——原來如此。

——唔……

雲中榭講述完畢，以為霈林海會發個飆什麼的，以表達被樓厲凡拋棄的憤怒。

但是出乎他意料的，霈林海並沒有什麼特別的反應，只是露出了有點奇怪的表情，全身上下散發出若有若無的淡淡黑氣。

——他在想壞事……

雲中榭想。

於是，當其他人都在想「拜特死定了……不，他已經死了」的時候，雲中榭卻在想著花鬼的話。

「樓厲凡啊……這次他死定了吧。」

雲中榭不確定是哪種「死定」，不過想來也不是什麼好事情。

※◆◇◆◇◆◇◆※

## 【六、書籍世界】

和在正常世界中為樓厲凡失蹤而焦頭爛額的無辜群眾不同，樓厲凡在書籍世界裡已經快要樂不思蜀了。

世界那麼大，小說那麼多，不是每本小說的情節都跟第一本一樣那麼腦殘，有許多小說的情節完全堪稱精采絕倫，玩一遍都不夠的！

尤其是可以用主角的身分參與！各種驚悚恐怖、各種修仙升級、各種官場大戰、各種神鬼莫測……簡直就像可以親身體驗的４Ｄ無限流遊戲，第一視角體驗各種爽爆，而且他還可以在不想玩的時候，揮手使出1000000+的超級威能外掛爆打這些書中弱雞，接著立刻進入下一個世界玩耍，簡直不能言喻的爽！歪！歪！

剛開始他的確是還記得畢業考這回事，到後來他已經完全將這件事拋到了腦後，專心玩過每一個他覺得有趣的世界，偶爾才會在甩出威壓卻發現某人並不受影響時，勉強想起自己的任務，將新發現的書魂送回拜特學院。

反正世界那麼多，遇到幾個算幾個，被撕碎一千多萬個書魂，至少也有上百萬個世界，難道還真的非得把所有書魂都送回去不成？只怕有些世界他窮盡一生也走不完呢。

※◆◇◆◇◆◇◆※

## 【七、現實世界】

拜特遭到第九個書魂泰山壓頂的時候，已經被踩到連慘叫聲都快要擠不出來了。

雪風和帕烏麗娜十分鐘前去迎接新任魔王了，這間校長休息室裡滿滿當當的都是被送出來的書籍魂靈，大家驚恐而惶惑，每一個都唧唧歪歪滿腹牢騷，互相打聽著究竟發生了什麼事、這究竟是個什麼樣的世界、他們究竟會遭到怎樣的對待……

休息室裡吵得跟菜市場一樣，根本就沒人發現某隻已經奄奄一息的生物。

這大概就是所謂的，自作自受吧。

※◆◇◆◇◆◇◆※

## 【八、書籍世界】

樓厲凡睜開眼睛。

他正站在一條古色古香的街道上。

每每進入一個新世界，他都不知道這是一本什麼樣的書，所有的情節都靠猜的。

不過，這回的世界和別的世界都不大相同。

在其他的世界裡，剛剛進入時，無論是正在遭虐還是受到眾星捧月，他總會發現自己是焦點的那一個，就算他只是多走了一步路，都有可能對故事接下來的發展產生相應的影響。

因為他總是會代替主角，這是很正常的事情。

但是這次不一樣。

他站在街道上，周圍都是來來往往的人，每個人都在走著自己的劇本，認認真真的做個沒有思想的ＮＰＣ，卻沒有一個人理會他。

樓厲凡摸著下巴想：我可是主角呢……居然沒人來虐我或者撲過來求做小弟？這不科學

啊！可是別人都不跟我說話，我怎麼知道我是誰啊？這到底是他媽是什麼書啊，主角都變小透明了，這故事情節要怎麼發展下去啊？

他對這個世界有些好奇，也就沒有搞大手一揮進入下一本書的那一套，而是在這個城市裡逛了起來。

直到他走到一間茶樓，裡面一位說書先生正在講本朝皇帝陛下送聖僧玄奘去西方取經的故事……

樓厲凡目瞪口呆。

他到底在哪裡？是玄奘的生平記錄？還是《西遊記》？還是浩如煙海的某部《西遊記》同人？如果是《西遊記》的話……哦耶！

樓厲凡腳下一跺，飛上天空，判斷了一下方向，向西方飛去。

每個男孩子心中都有一個成為孫悟空的夢，樓厲凡也不例外，他的房間裡到現在還有金箍和金箍棒的藏品呢！成為孫悟空，這簡直比讓孫悟空簽名還要爽啊哈哈哈哈哈……

——等一下。

樓厲凡看看自己，又想：我會是誰呢？

——《西遊記》的主角是那師徒四人吧？但我不太像是玄奘啊？可是剛才出現的地方，也不太像是那三個妖怪的居住地，而且我出現時也沒受到更多的矚目啊。

——那我是誰呢？

書中世界，千里也不過分毫，由於那師徒四人的主角光環，樓厲凡很快就找到了他們暫時棲身的山林。

「……」樓厲凡數了一遍。

「……」樓厲凡又數了一遍。

師徒四個，一人三妖一馬，沒錯，一個也沒少。

樓厲凡摸摸自己的臉。

——我……我不是主角！

——我到底是誰啊？

在《西遊記》的世界裡，還有誰能承受和孫悟空差不多的讀者思念，成功化形，然後在圖書館裡被殺啊？

誰能比得上孫悟空啊！

誰！

……總不會是玉皇大帝吧？他不由得胡思亂想。

那師徒四人也不知道在走什麼劇情，對他這個飄蕩在天空的透明角色視而不見。

樓厲凡當然可以給他們來一下威壓什麼的，再到下一個世界去玩。但他捨不得啊～他走了這麼多的世界，多難得才見到了傳說中的孫悟空，要是就這麼走了，多可惜！

他這樣想著，落到了地面上，思考著有沒有可能弄死那個唐僧，然後和孫悟空好好套交情啥的。

他就只是這麼想想而已，突然之間，整個世界天昏地暗，他眼前一暈，一道金圈從天而降，「匡」的一聲，將他罩在其中。

樓厲凡低頭一看，那金圈罩住了他身周半徑兩公尺，在原地發著淡淡金光，連他和那師徒四人之間的空氣都彷彿散發出了淡淡的金色。

樓厲凡伸手碰了一下那層淡淡的金光，「錚」的一聲巨響，他的指尖立即綻出一蓬小小的血花。

……他受傷了。

樓厲凡一時沒反應過來。

——靠我居然受傷了！

樓厲凡終於反應了過來。他受傷了！居然被這書中生物傷到了！

他的表情都變了。

——有外掛玩電腦角色和親身上陣是完全不一樣的體驗好嗎！怎麼會突然調整遊戲難度啊！從A級直接升到S級什麼的根本就從來沒見過啊！毫無預報就直接破外掛啥的絕對要負評啊喂！

一直在互相嘟嘟囔囔的師徒四人站了起來。

八戒哼著歌扛著釘耙去巡山了，沙僧就在那裡折騰兩擔子行李。

悟空和唐僧向樓厲凡走了過來。

「俺老孫還以為這個陷阱不會有用到的一天咧～」悟空咭咭的笑。

「阿彌陀佛。」唐僧說，「這位施主，所為何來？」

樓厲凡按著自己受傷的手，木著一張臉說：「我來請你們去成仙。」

悟空哈哈哈哈哈哈哈哈哈狂笑起來。

「上次有人叫我去成仙，我去當了弼馬溫。」

樓厲凡隔著金光看著面前這兩位書魂。這個封印很厲害，他只是輕觸一下而已，不只是出血，最主要的是痛不可當。他很確定，如果他要強行破印而出，倒不是出不去，不過重傷是免不了的。

這些書中生靈，已經強大至此了嗎？

他只能努力用語言來解釋：「事情是這樣的……」

他從書魂的起源說起，講了講圖書館的前因後果，然後說到霈林海撕碎了一千多萬個書籍魂靈，好好說明了自己的任務，強調了自己並不想和他們作對的心情，只盼著能夠讓他們將這封印解開，然後他立刻向下一個世界奔去。

他現在不想和孫悟空玩了！生命安全都不能保證，還玩個屁啊玩！

樓厲凡再次勸說：「所以，如果你們願意，最好還是離開這裡，到現實世界去。雖然我不太明白你們到了現實世界有什麼好處，不過這畢竟是我的畢業考，如果你們能去的話，我大概能得個高分吧。」

悟空呵呵笑，「哦，原來是這樣……我不去！」

樓厲凡：「……」

唐僧責備道：「悟空，你怎能如此粗暴？」他轉向樓厲凡，「小施主……」

樓厲凡期待的看向他，「聖僧。」

聖僧說：「我二人還是不去了。」語氣十分溫柔。

樓厲凡：「……」尼瑪啊！再溫柔還不是拒絕了！

樓厲凡道：「如果你們都不去的話，能不能放了我，讓我即刻就到下一個世界去？我們的利益其實沒什麼衝突，少了你們兩個問題也不大。」

悟空道：「放了你倒也沒什麼……不過，你確定你的考試內容不是抓我們兩個回去？」

唐僧又責備道：「悟空，你怎能如此說話？」他又轉向樓厲凡，「施主，其實我們的重要性不是那麼大。」

樓厲凡木著臉想：本來我壓根沒那麼想的，現在我已經開始那麼想了好嗎？你們這兩個書魂明顯和其他的不一樣啊！老子又不是智障怎麼可能看不出來！

書魂，也是分三六九等的。

剛剛有意識，智商還不是很高的，是最低等的，就像第一個世界的那個皇帝。中間還有二三四五六……到最高等的，就像面前這兩位，身為小千世界的生靈，卻能將大千世界的他困在結界中，就算他能脫困，也能剝下他一層皮。

樓厲凡想了想，說：「其實按照你們的能力，就算到了我們那個世界，想統治世界也不是不可能，完全不用擔心會遭到不好的對待。我是魔……我是對你們而言的上四界中其中一界的代理執行人，我所說的話，都是有法律效力的。」

他偏了偏頭，露出頭髮上戴的那枚很像髮夾的東西。

東崇猜得沒錯，那就是魔王印。作為魔王代理人，新魔王又沒有在他身體上打印記，也沒有確實的法律標記，要是連魔王印都沒在他手裡，那他還能幹什麼啊？他什麼工作也做不成好嗎！

孫悟空腦袋離得近了點，隔著淡淡金光看了看那枚髮夾。他幾乎快要碰到了結界，唐僧按著他的毛腦袋把他撥了回去。

「那玩意的確散發著不太一樣的氣味，不過不太像仙氣呢，妖魔的味道還差不多！」悟空頓時就惱了，「我說你是妖魔就是妖魔吧！幹嘛還說謊騙人呢？你知道俺老孫動動手指頭就能要了你的小命嗎？」

樓厲凡簡直要扶額了，「大聖！你怎麼不想想！我們那個世界和你們的書籍世界是完全不同的體系啊！你們是仙妖人體系！我們是人魔妖鬼體系！雖然有點像，但是完全不同！就算你非要把我當妖魔，你覺得我和做壞事的妖魔氣息一樣嗎？你仔細看看！我身上有帶血腥的戾氣嗎？」

悟空的腦袋又往前伸，唐僧拍了他一下，然而有點晚了，他的毛在金粉結界上發出刺啦一聲，焦了好幾根。

樓厲凡忽然清醒過來。

這不對啊！如果說這結界是孫悟空的，那就沒有理由會傷到他才對！

從看到這師徒四人開始，樓厲凡的目光就一直跟在孫悟空的身上，他一直本能的認為能力最高的應該是承受讀者思念最強的齊天大聖，但事實上，剛開始化形時的確是這樣，誰最受歡迎，誰更容易化形。但是在那之後，書魂會逐漸分化出不同的能力，而時間越長，能力的高低越和思念無關，只和書魂本身有關！

那麼這個結界是——

他的目光真真正正的挪到了一直被他忽略的唐僧身上。

唐僧微笑的唸了一聲佛號。

「小施主，我們還是有緣再會吧。」

樓厲凡大驚，「等一下！我們的話還沒說完！聖僧——」

「與你牽繫之人到了，還是不要讓他看見我困住你為好。再見。」

唐僧手一揮，那淡淡金圈化作紫金缽盂回到他的手中，他順勢攬住悟空，將那缽盂衝著自己兩人頭頂扣下，他們的身影頓時如煙消逝。

樓厲凡衝了過去，只堪堪拿到了那個紫金缽盂，缽盂下空空一片，那兩個書魂早已逃逸無蹤。

一股巨大的威壓如驚濤巨浪一般從身後撲來，整個書籍世界都在這股威壓下被撕扯成虛無的齏粉。

樓厲凡眼前滿是閃現又消失的碎片，他的眼睛卻始終盯著那個缽盂之下刻的字。

「我要這天，再遮不住我眼……」他抬起頭，喃喃唸出最後一句，「都煙消雲散……」

原來，這不是《西遊記》的世界，而是他很喜歡的另外一本很古老的書。對他們這個時代而言，非常非常古老的《西遊記》同人，算是同人傳記吧。

哎呀哎呀……

還真是，不虛此行呢……

※◆◇◆◇◆◇◆※

## 【九、現實世界】

當那些虛幻的世界都消失在一片落地塵煙中，樓厲凡正抱著紫金缽盂站在圖書館的陣眼之上。

他的周圍站了很多人，有學生如東崇、花鬼，有教職員如帕烏麗娜、雪風、雲中榭，還有魔界來賓如魔王和秘書局代表……

樓厲凡盯著面前的東崇，目光中滿是譴責。

東崇則是一臉「我知道告密不對但是為了生命安全著想告密也不過是必要手段罷了你沒必要擺出這副晚娘臉因為我一點也不心虛好吧其實我有一點心虛但是我確定你看不出來」的表情。

一隻手搭在樓厲凡的肩膀上。

從身後撲來的氣息幾乎可算得上狂暴了。

「厲、凡。」霈林海平靜的——非常平靜的——平靜到恐怖的說：「有沒有受傷？」

他說的每一個字，都好像在牙齒裡咀嚼了一百多遍。

樓厲凡掩住受傷的指頭。在書籍世界裡這個傷還算傷，出來以後就只像是被針劃過的痕跡，細長的小口只有一公分左右，早已收了口。希望不會被他看到。

回頭看了霈林海一眼，樓厲凡毫不猶豫的一巴掌甩在他臉上。

所有圍觀群眾都發出了倒抽一口氣的聲音，集體後退了一步。

巴掌聲過後，霈林海身上的狂暴氣息瞬間消失，整個人頓時恢復封印成人類時的純良，一臉委屈的看著毫無理由就家暴的樓厲凡。

「我知道我來得有點晚，但是你也該告訴我一聲啊！你知道我們找了你多久嗎？你那些下屬找不到你都要急瘋了——」

秘書局的員工們都要向這位魔王大人跪了。

——到底是誰要急瘋了啊？到底是誰快把四界翻過來找人了啊？雖然您是魔王但也不能在我們這些受害人面前顛倒是非胡說八道啊！

樓厲凡懶得跟他說那些廢話，將紫金缽盂遞到帕烏麗娜面前。

「我走過了三千一百二十八個世界，找到了九個高級書魂，三十四個重要物品。這一個紫金缽盂屬於一個S級書魂，應該比其他的物品更強一些。不過最後的S級書魂不願意來，所以讓他們逃了。」

帕烏麗娜滿意的點頭，將紫金缽盂接了過來，「書魂的事情你不必在意，他們不願意就算了。只要有了這些東西，加上書魂的守護，圖書館裡就能布下新的保護陣了，新生的世界也會比現在更安全一些……」她說著安全二字，眼睛卻像刀子一樣剜過霈林海。

霈林海就跟沒看到一樣。

樓厲凡終於明白自己辛苦這一趟到底是為了什麼。

「你辛苦了。」帕烏麗娜的視線轉向樓厲凡，道：「不出意外的話，你這次的成績會很不錯，如果不是某人等不及，扯碎了世界拉你出來，你的分數還能更高一些。等所有學生的成績出來，你就能看到最後的分數，並且拿到畢業證書了。如果分數特別優秀，我們還可以幫你申請免考註冊靈能師。」

樓厲凡大喜過望：「真的？」

帕烏麗娜微笑點頭，「一個月以後你再來，到那時就有結果了。」

她的眼神掠過霈林海陰沉的臉色，心裡那個舒爽！

——誰叫你破壞我們的圖書館世界！誰叫你破壞了一次不夠又破壞一次！誰叫你給我們增加工作量！誰叫你給我們添麻煩！我就要讓你跟樓厲凡離婚！我就要讓你不爽！哈哈哈哈哈哈……

樓厲凡又向東崇等人道了謝，最後轉頭看向霈林海。

霈林海恢復了之前的小媳婦樣，捂著被打的臉委委屈屈的嚶嚶嚶嚶，就好像帕烏麗娜看到的那個陰沉的臉色根本就不屬於他一樣。

其他人：呵呵，你捂臉的方向都錯了……

樓厲凡不耐煩的向他伸出一隻手。

霈林海也伸出一隻手，牽住。

圍觀群眾：受到一萬點光芒暴擊！

他們兩人帶著魔從屬正大光明的走掉了。

離去之前，霈林海回頭看了帕烏麗娜一眼，帕烏麗娜冷然的與他對視，空氣中彷彿濺出無形的火花。

──妳敢！

──你看我敢不敢！

圍觀群眾紛紛退了兩步。

──尼瑪，這會兒不長眼被這兩位惦記上，那才叫無妄之災呢。

※◆◇◆◇◆◇◆※

## 【十、結局】

魔王通過魔界界碑回去之後，界碑突然發生了故障，然後世界各地的魔界和人間的連接處都發生了問題，據說連鬼界和妖界也是如此。

整個魔界，從那天開始遭到了不明原因的封鎖。

一個月後，帕烏麗娜拿著樓厲凡的畢業證書和註冊靈能師免考證，以及註冊魔女的身分取消申請書，呵呵的笑起來。

——這位魔王，還是太年輕了哈～

——以為魔界人出不來，人類進不去，事情就解決了嗎？

——可惜呀可惜，光是我一人就知道十種辦法穿透魔界送東西給人，更何況還有個唯恐天下不亂的拜特呢。

——真是圖樣圖森破啊，呵呵呵呵呵～

帕烏麗娜得意的大笑起來。

雪風：「……」喝茶。

今天的世界，也依然如此和平呢～～

番外四《畢業與離婚》完

《變態靈異學院》全套四集完結，全國各大書店、網路書店、租書店，好評熱賣中！

Unusual

# 附錄漫畫

作者／蝙蝠
人設原案／TaaRO
漫畫／非光

## 非光

用電腦每小時會起來走走的上班族，
起身看遠處發呆也是一種享受！

FB：nlimme111

厲、
凡。
從身後撲來的氣息幾乎可算得上狂暴了。
有沒有受傷？
他說的每一個字，都好像在牙齒裡咀嚼了一百多遍。

細長的傷口
早已收了口。
希望不會被他看到。
啪
……
退後

我知道我來得有點晚，但是你也該告訴我一聲啊！
你知道我們找了你多久嗎？你那些下屬找不到你都要急瘋了——
到底是誰要急瘋了啊？是誰快把四界翻過來找人了啊？雖然你是魔王但也不能在我們這些受害人面前顛倒是非胡說八道啊！
恭喜啦～你的畢業考成績應該很不錯～
真的？
謝謝你們
委屈
委屈
呵呵，你捂臉的方向都錯了……

嗚嗚
伸手
牽住
受到一萬點光芒暴擊！
咦，不是要舉行婚禮嗎？
世上只有我家凡凡好！
人家都拿了那麼多花來了……

# 後記

時隔多年，又寫了霈林海和樓厲凡的新故事呢……

雖然只是番外，字數也不多哈哈哈……

為了寫這篇番外，又看了一遍之前的小說，當然主要是《變態靈異學院》這套，算是複習，因為裡面除了主角之外的人有誰我都快忘記啦！

如今再回頭去看，那時候的文筆真的很不成熟，幼稚得連我自己都臉紅，居然還能受到那樣的歡迎，現在想想，還真是不可思議。

因為文筆上的轉化（現在實在寫不出以前那種感覺了），要是直接將故事接在魔界出來之後，就會有點奇怪。為了讓他們的性格轉變有那麼點讓人覺得順理成章，這個新故事的時間就設定在大結局之後的七年後，他們的變化就可以完全推到時間上去啦！

所以，如果您覺得「這個霈林海和樓厲凡有點奇怪，和以前的不太一樣呢」，那是很正常的，因為他們長大了啊～～～哈哈哈哈……我就是這麼聰明，就是這麼會推卸責任啊哈哈哈哈哈……

最後，為不經常上網的讀者們標注一下：圖樣圖森破＝too young, too simple.

我們下一本書再見吧～～

蝙蝠於二〇一七年春季

真是個春暖花開的好季節呢～～^0^

K.O
K.O. his ex girlfriend
他的前女友
NOVEL 龍雲意
ILLUST 非光
見任女友VS前任女友勝負大PK!!
(愛情證書)
簽下打工契約的
偽・戀愛少女
我想
解約!!!
任務——
擊敗我的
完美前女友!
Perfect ex-girlfriend
時薪
1000
「紅茶」控・
男神經病學長
粉紅且青蔥春校園生活展開吧!

拯救世界吧！
少女魔王！
NOVEL
三千琉璃
ILLUST
重花
魔王陛下＋愛的守護者＋坑爹勇者軍團，出擊！
全套七集，全國各大書店、
租書店、網路書店持續熱賣
典藏閣
華文聯合出版平台
www.book4u.com.tw
采舍國際
www.silkbook.com
不思議工作室
立即搜尋
版權所有© Copyright

Novel----- 霧十
久木 -----Illust
總裁大人の求愛攻略
HER MR.★RIGHT
我就是有錢、
我就是任性；
總之，
三個月內
我就是要結婚!!!
嗯，就決定是你了，皮卡丘!!
哈、哈。
火熱全開!!
粉紅總裁的少女心
霸道總裁 石原傑
讀作傲嬌
黑屬性 Star
典藏閣
華文聯合出版平台
www.book4u.com.tw
采舍國際
www.silkbook.com
不思議工作室_
立即搜尋
版權所有© Copyright 2016

陳詞懶調 × PieroRabu
回到過去
BACK TO THE PAST
TO BECOME A CAT NO.12 END
變成貓
他一覺醒來變成貓。
十年貓生過去，當時間
來到記憶中的那天……
人變貓的喵星人歷險記——好萌喵，不買嗎？
全套12集，全國各大書店、網路書店、租書店強力熱賣中！
典藏閣
華文聯合出版平台
www.book4u.com.tw
采舍國際
www.silkbook.com
不思議工作室_
立即搜尋
版權所有© Copyright

飛小說系列161

# 變態靈異學院04（完）

## 新任魔王與他的小夥伴妻子


出版者■典藏閣
作　者■蝙蝠
封面設計■ChenWen.J
總編輯■歐綾纖
製作團隊■不思議工作室
封面繪者■TaaRO
拉頁繪者■TaaRO
漫畫繪者■非光

郵撥帳號■50017206 采舍國際有限公司（郵撥購買，請另付一成郵資）
台灣出版中心■新北市中和區中山路2段366巷10號10樓
電　話■(02)2248-7896　傳　真■(02)2248-7758
物流中心■新北市中和區中山路2段366巷10號3樓
電　話■(02)8245-8786　傳　真■(02)8245-8718
ISBN■978-986-271-771-4
出版日期■2017年6月

全球華文國際市場總代理／采舍國際
地　址■新北市中和區中山路2段366巷10號3樓
電　話■(02)8245-8786　傳　真■(02)8245-8718

新絲路網路書店
地　址■新北市中和區中山路2段366巷10號10樓
網　址■www.silkbook.com
電　話■(02)8245-9896
傳　真■(02)8245-8819

☞您在什麼地方購買本書？☜

1. 便利商店（________市／縣）：□7-11　□全家　□萊爾富　□其他________

2. 網路書店：□新絲路　□博客來　□金石堂　□其他________

3. 書店（________市／縣）：□金石堂　□蛙蛙書店　□安利美特animate　□其他____

姓名：________地址：________________

聯絡電話：________　電子郵箱：________________

您的性別：□男　□女　　您的生日：西元________年________月________日

（請務必填妥基本資料，以利贈品寄送）

您的職業：□上班族　□學生　□服務業　□軍警公教　□資訊業　□娛樂相關產業
□自由業　□其他________

您的學歷：□高中（含高中以下）　□專科、大學　□研究所以上

☞購買前☜

您從何處得知本書：□逛書店　□網路廣告（網站：________）　□親友介紹
（可複選）　□出版書訊　□銷售人員推薦　□其他________

本書吸引您的原因：□書名很好　□封面精美　□書腰文字　□封底文字　□欣賞作家
（可複選）　□喜歡畫家　□價格合理　□題材有趣　□廣告印象深刻
□其他________

☞購買後☜

您滿意的部份：□書名　□封面　□故事內容　□版面編排　□價格　□贈品
（可複選）　□其他

不滿意的部份：□書名　□封面　□故事內容　□版面編排　□價格　□贈品
（可複選）　□其他

您對本書以及典藏閣的建議________________

________________________________

________________________________

✌未來您是否願意收到相關書訊？□是　□否

✎感謝您寶貴的意見✎

**印刷品**

$3.5

請貼
3.5元
郵票

不思議信箱
FUSIGI POST

235 新北市中和區中山路二段366巷10號10樓

# 華文網出版集團 收

（典藏閣－不思議工作室）

---

變態靈異學院 Vol.4 END

This college
is a little strange.

Novel Illust
蝙蝠×TaaRO